KB274882

친근한 관계와 조화로운 삶을 만드는 인연의 진리

아름다운 인연

친근한 관계와 조화로운 삶을 만드는 인연의 진리

아름다운 인연

아름다운 인연

지은이 성운
옮긴이 이명원
펴낸이 안용백
펴낸곳 지식의숲

초판 1쇄 인쇄 2006년 11월 15일
초판 1쇄 발행 2006년 11월 20일

출판신고 2005년 6월 23일 제 313-2005-00135호
121-840 서울시 마포구 서교동 394-2
Tel 02-330-5500 Fax 02-330-5555
ISBN 89-91762-32-8 03800

가격은 뒤표지에 있습니다.

잘못 만들어진 책은 바꾸어 드립니다.
www.nexusbook.com

친근한 관계와 조화로운 삶을 만드는 인연의 진리

아름다운 인연

성운 지음 | 이명원 옮김

지식의숲

모든 인연은 아름답습니다

『육조단경(六祖壇經)』을 보면 다음과 같은 말이 나옵니다.

"불법이 세상과 떨어져 있는 것이 아니니 세상을 구하고 남을 먼저 생각하는 마음이 없다면 마치 이 세상에 없는 것을 찾으려고 하는 것과 같다."

불교와 일상생활은 서로 떼려야 뗄 수 없는 밀접한 관계가 있다는 것을 우리는 잘 알고 있습니다.

싯다르타는 사성(四城)을 유랑할 때 생로병사로 끊임없이 고통 받는 중생들의 삶을 보고 구법에 대한 강한 열망을 느끼고 수행을 결심했습니다. 그리고 마침내 출가하여 세상 사람들의 존경을 받는 '부처'의 위치에 오르게 되었습니다.

이후 석가모니는 다시 중생에게로 돌아와 불도를 가르치고 불법을 생활 중에 실천하면서 깨달음의 빛을 전하여 세상을 자비와 행복으로 밝히셨습니다.

대만 불광산(佛光山)의 창시자인 성운 대사는 1975년 4월, 타이베이에 있는 신도들의 요청으로 지연정사(志蓮精舍)에서 삼 일간 '불교와 생활'이라는 제목의 강연을 했고 이 책은 그 강연 내용 중의 일부를 묶은 것입니다.

성운 대사는 이 강연에서 간명한 말로 불문정벽(佛門精闢)의 뜻을 설명했으며, 일상생활 속에서 불법을 사용해 어떻게 우리의 몸과 입과 뜻을 다스려야 할지를 설하였습니다. 또한 불법을 활용해 새로운 것을 창조하고 향유하고, 몸과 마음을 다스리며, 원만하고 아름다운 인생을 살아갈 수 있는 방법을 아홉 개의 큰 항목, 스물일곱 개의 작은 항목으로 정리하여 풀이하였습니다.

이번에 지식의숲 출판사에서 우수한 법연과 대중의 성취를 결합한 영문판 『Living Affinity』를 번역, 출간하여 한국 대중에게 소개하니 소승 또한 큰 기쁨을 느낍니다.

이 책의 출간을 통해 한글을 이해하는 모든 독자들이 은혜를 입고 심신의 평안을 누리기를 기원합니다. 또 복과 은혜가 충만하여 모두가 평화롭게 공생하는 행복한 지구촌이 되기를 소망합니다.

서울 불광산사 주지 대리 각사(覺捨) 합장

삶을 조화롭게 만드는 친근함의 법칙

많은 사람들은 관계를 인생에서 가장 중요하고 관심을 기울여야 할 것으로 여기고 있습니다. 우리는 관계가 조화를 이루며 자연스럽게 흘러갈 때 자신이 잘 살고 있고 행복하다고 느낍니다. 하지만 관계가 단절과 거리감으로 상처받게 되면 외로움을 느끼고 언짢은 마음이 들게 됩니다. 그때 누군가 우리의 관계를 완벽하게 완성할 수 있고 영원히 변치 않게 할 수 있는 해결 방법을 제시해준다면 너무나 기쁠 것입니다.

성운 대사는 사람들이 자신을 주변과 구별되는 존재로 인식하게 만드는 것은 단지 완고한 사고방식에서 나온 환영일 뿐이라고 설명합니다. 또한 모든 사람들에게는 각자의 삶 속에서 잠자고 있는 조화로움을 깨어나게 하는 완전하고 무한한 능력이 있다고 이야기합니다.

일반적으로 사람들은 '친근함'을 어떤 대상이나 사람에게 연민의 마음을 갖거나 좋아하는 감정을 갖는 것으로 이해합니다. 하지만 불교에서 말하는 '친근감'은 그 이상의 의미를 갖고 있습니다. 이 책에서 말하고 있는 '친근함'(중국말로 유안)은 많은 생을 사는 동안 항상 함께하고 더욱 깊어지는 심오한 영적인 관계를 의미합니다. 친근함은 흘러가는 것이 아니고 가고 오는 것이 아닙니다. 친근함은 경험의 자연스러운 상태이고 시작도 없고 끝도 없는 우주의 노랫소리이며 우리 존재의 정수(精髓)입니다.

친근함을 실현할 수 있는 우리의 진정한 능력을 이해하는 열쇠는 '인연의 진리'를 깨닫는 데 있습니다. 부처님께서는 우리들에게 그 어느것도 홀로 존재할 수 없으며, 만물은 인연에 의해 연결되어 있고 인연을 떠나서는 생멸할 수 없다고 설법하셨습니다. 그리고 존재한다는 이유만으로 우리는 모든 사물과 자연스럽고 친근한 관계를 맺고 있다고 말씀하셨습니다.

이 모두 우리가 친근함을 경험하기 위해 복잡한 계획을 세우거나 애쓰지 않아도 된다고 안심시키고 용기를 북돋워주는 말입니다. 우리는 언제나 있어 왔고 또 앞으로도 영원히 존재할 친근함을 드러내기 위해 우리의 지혜를 맑게 닦아야 합니다.

성운 대사는 우리들이 애정 관계나 우정 또는 주변 사람들과의 모임 등에서 친근함을 실현하는 방법을 찾게 도와주고 있습니다. 또 우리를 둘러싸고 있는 환경, 물질적인 세계, 돈, 공간, 시간 그리고 가장 기본적으로는 우리의 영적인 여행과의 친근함에 대한 올바른 생각을 갖도록 가르침을 주고 용기를 북돋워주고 있습니다. 아주 진지하게 몰입할 수 있다면 마른 행주에게서도 친근감을 느낄 수 있다는 재미있는 비유도 있습니다.

성운 대사의 넓은 시야와 큰 지도력은 대단한 결과를 보여주고 있습니다. 지칠 줄 모르는 힘과 친근한 관계를 만들어가는 포용력으로 대사는 전 세계에 사원과 대학, 학교, 기관들을 설립했습니다. 또한 온 세계를 다니며 설법하고 가는 곳마다 계층과 종교에 관계없이 수많은 사람들과 관계를 돈독하게 이루었습니다. 대사의 일생은 "친근함이 있다면 아무리 멀리 있는 사람일지라도 반드시 만나게 될 것입니다."라는 말을 훌륭하게 실현했다고 말할 수 있습니다.

광범위하고 무한한 가능성을 가진 관계의 세계를 탐험해보고자 하는 이에게 친근함의 법칙에 대하여 말하고 있는 이 책은 놀라운 선물이고 마음을 울리는 안내서가 될 것입니다. 우리 자신이 만들어낸 얄팍한 환영의 가면 때문에 깊고 영속적인 관계가 가려지고 있습니다. 풍요로운 영적인 삶을 만들려는 여러분에게 평화와 기쁨이 있기를. 그리고 친근함의 법칙이 갖고 있는 진실을 깨달으며 기뻐하기를 바라며.

편저자 클레몬트 쿠리어

차례

추천의 글 · 5
여는 글 · 7

1장 조화로운 사회를 만드는 친근함

좋은 인연을 맺는 네 가지 방법 · 15
조화로운 관계를 만드는 여섯 가지 원칙 · 32
하나 되는 관계 만들기 · 35

2장 관계를 더 가까이 들여다보기

네 가지 유형의 우정 · 45
건강한 감정, 건강한 사랑 · 49
사랑과 애정의 다양한 모습 · 52

3장 자연보호를 통한 친근한 관계 만들기

불교도들의 전통적인 환경보호 · 97
신성한 내면과 생태학적 외면의 조화 · 101

4장 삶의 물질적인 면과 친근하게 지내기

금강경에서 찾아본 삶의 물질적인 면 · 115
아미타경에 나오는 물질적인 삶의 모습 · 122
재물을 소유하고 사용하고 측정하기 · 125

5장 시간과 공간과 친근하게 지내기

공간과 친근하게 지내기 · 143
시간과 친근하게 지내기 · 152

6장 삶의 영적인 면과 친근하게 지내기

영적인 발전을 위한 길 찾기 · 171
무아, 자신의 생각을 떨쳐버림 · 173
참회와 세 가지 업 · 178
친근한 관계를 위한 도덕적인 삶 · 182

옮긴이의 글 · 193

[제1장]

조화로운 사회를 만드는 친근함

인간은 사회적인 동물입니다. 따라서 인간은 사회를 떠나서는 살수 없습니다. 우리는 불법을 다른 어떤 세계나 먼 곳에서 찾는 것이 아니라 사람들 사이에서 찾을 수 있다고 배웠습니다. 불법은 여기 우리들 속에 존재하며 우리 자신의 모습이 불법의 모습이기도 합니다. 그러므로 불교도들과 다른 종교를 가진 사람들 역시 타인들과의 관계를 발전시키고 좋은 인연을 만드는 것이 행복한 삶의 기초가 된다는 사실을 명심해야 합니다. 인간 사회가 그물처럼 얽혀 있는 관계에 다름 아니라는 것을 이해한다면 관계가 얼마나 중요한 것인지를 바로 알게 될 것입니다.

　그물의 모든 고리처럼 사회에 속해 있는 각각의 개인은 전체의 구성원들에게 영향을 줍니다. 관계는 그 공동체가 이웃이건 종교적인 모임이건, 가족 혹은 또 다른 형태의 공동체이건 간에 서로 간에 이익과 조화를 가져오기도 하고 구성원들을 갈등과 고립에 몰아넣기도 합니다. 만약 하나의 관계가 전체 사회에 얼마나 큰 영향을 미치는지를 한 번이라도 깨닫게 된다면 사람들은 건강하고 유익한 관계를 만들기 위해 모든 관계를 소중히 여기게 될 것입니다. 또 모든 관계에서 최선을 다하고 진지하고 열린 마음으로 대할 것입니다. 건전하지 못한 행동은 다른 사람들과의 관계 속에서 문제를 일으키지만 건전한 행동은 좋은 관계의 씨앗이 됩니다. 이런 인간관계의 그물을 건전하게 잘 유지하기 위해서 우리는 각자의 역할이 정해져 있음을 항상 기억해야 합니다.

　『대지도론(大智度論)』에서 말하듯이 인간관계란 다른 모든 현상들과 마찬가지로 '모든 현상은 인연에 따라 일어나고 소멸한다.'는 진리 안에서 발전한다는 것을 알아야 합니다. 이 말은 우리가 사는 이 세상은 각자가 가진 공업(共業)과 인연의 최고점이라는 의미입니다. 사람은 모두 동등한 입장에 놓여 있으며 그 누구에게도 예외는 없습니다. 우리는 모두 각각의 인연에 따라 이 세상에 태어났습니다. 이 세상에 함께 살고 있다는 사실은 우리가 어떤 공통된 인연을 갖고 있다는 것을 의미합니다. 다른 사람들과의 관계 속에서 우리 자신이 어떻게 처

신하는가에 따라 상대방의 삶에 막대한 영향을 미치게 됩니다. 모든 이들과 좋은 관계를 유지하기 위해서는 우리 모두가 함께 할 수 있는 삶의 형태를 만들어야 할 것입니다. 공업과 인연으로 연결되어 있기 때문에 개인적인 행복과 평화를 각자의 문제라고만 생각하기는 힘듭니다. 물론 개인적이고 이기적인 관점으로 이 사회를 살아가려는 사람도 있을 것입니다. 하지만 이것은 자신을 고통으로 이끄는 길이고 서로 간에 좋은 인연을 해치는 일이 될 것입니다.

다음 장에서는 서로 간에 친근함을 조성하고 좋은 인연을 만들기 위해서 우리가 어떤 일을 할 수 있는지를 알아보고, 사회 안에서 조화로운 관계를 이루며 살아가는 방법에 대해서 몇 가지 제안을 하고자 합니다. 이 목적을 위해 우리는 사섭법(the four great all-embracing virtues, 四攝法, 보살이 중생들을 가르침으로 이끌기 위해 취하는 네 가지 방법—옮긴이 주)과 육화경(the six points of reverent harmony, 六和敬, 불교 교단의 화합을 위해 설정한 여섯 가지 계율—옮긴이 주), 그리고 정진(精進)하겠다는 마음을 가져야 하며 그것에 의해 사회는 하나가 될 수 있을 것입니다.

좋은 인연을 맺는 네 가지 방법

다른 사람들과 조화롭게 살고 좋은 인연을 맺는 방법에 대한 진리를 알고 싶다면 먼저 사섭법을 알아야 합니다. 부처님께서는 다른 사람들과 관계를 맺고 그들에게 봉사하려는 우리의 진정한 능력을 깨닫기 위해 가장 먼저 친밀한 관계를 맺어야 하고 그것이 사섭법이 추구하는 목적이라고 말씀하셨습니다. 사섭법에는 재물이나 법을 보시(布施)하는 것, 친절하게 말하는 애어(愛語), 다른 사람들을 이롭게 행동하는 이행(利行), 남이 하려는 일을 함께 하는 동사(同事) 등 네 가지가 있습니다.

첫 번째 덕목인 보시는 우리에게 무한한 이로움을 줍니다. 하지만 단지 자기만족을 위해 이기적으로 살아가는 것이 우리의 현실입니다. 가끔 마지못해 자신보다 다른 사람의 만족과 성공을 우선순위에 두기는 하지만 최고가 되기 위해 그리고 남보다 많이 소유하려는 경쟁심이 사회에 만연해 있습니다. 사람들은 남보다 나아지기 위해 안간힘을 쓰고 종종 자신이 가진 것을 남과 비교하면서 삶의 질을 측정하기도 합니다. 이러한 세계관은 사람 사이의 갈등의 뿌리가 되며 다른 사람들에게 관대해지는 것을 방해합니다. 자신의 생존과 자리 보존에만 급급하면 받는 것에 대해 감사의 마음도 느끼지 못할 것이고 만일 자신이 베풀어야 할 처치가 되면 온갖 핑계를 대며 빠져나가려 할 것입니다.

삶과 우주의 진리에 대해 말씀하신 부처님의 가르침을 진정으로 이해하게 된다면 우리는 남에게서 빼앗으려 하는 대신 진정으로 베풀려는 마음을 갖게 됩니다. 모든 원인에는 결과가 존재하고 모든 사람들은 공동의 인연을 소유한다는 것을 이해하게 된다면 남의 이익을 빼앗아온다는 것에 대해 다른 각도로 바라보게 되고 결과적으로 베푸는 것을 주저하지 않게 될 것입니다. 다음 은 불교 설화에서 유래한 '받는 것보다 주는 것이 더 낫다.'라는 말에 담긴 진리를 깨닫는 데 도움을 줄 수 있는 이야기입니다.

옛날 한 마을에 두 남자가 살고 있었는데 한 사람은 성품이 인색하고 다른 한 사람은 넉넉한 성품을 갖고 있었습니다. 그들이 한날한시에 죽어 함께 저승에 가서 염라대왕 앞에서 이제 막 자신들의 과거에 대한 심판을 받으려 하고 있었습니다. 염라대왕은 "나는 너희를 세상에 다시 태어나게 해주려고 한다. 한 사람은 영원히 받기만 할 것이고 다른 한 사람은 영원히 주기만 할 것입니다. 너희들은 어느 쪽을 택하겠느냐?"라고 물어보았습니다. 인색한 남자는 얼른 자신이 항상 받는 쪽을 택하겠다고 대답했습니다. 넉넉한 성격을 가진 남자는 받는 삶을 살 생각이 전혀 없었으므로 자신은 항상 주는 삶을 택하겠다고 하였습니다.

두 사람은 다시 태어날 곳에 대한 마지막 설명을 듣기 위해 잠시 기다리고 있었습니다. 염라대왕은 부하를 시켜 바닥을 여러 번 치게 한 다음 인색한 이에게 "너는 남에게 받기만 하는 삶을 택했기 때문에 거지로 다시 태어날 것이다. 이렇게 되면 평생 받기만 하면서 살 수 있지 않겠느냐?"라고 말하고 다른 한 사람에게는 "너는 아주 큰 부자로 다시 태어나게 될 것이다. 네가 가진 부를 불행하고 헐벗은 이와 나누도록 하여라."라고 말하였습니다. 두 사람은 염라대왕의 현명한 결정으로 큰 깨달음을 얻게 되었습니다.

아무것도 가진 것이 없는데 어떻게 남에게 베풀 수 있느냐고 의아해하는 사람도 있을 것입니다. 아무것도 가진 것이 없다면 베풂으로써 이루어지는 좋은 인연은 어떻게 만들어질 수 있을까요? 베푸는 미덕을 행하기 위해 큰 부나 재물이 필요하지는 않습니다. 그저 길을 걷다가 누군가를 만났을 때 인사를 나누거나 웃어준다면 이것 역시 나누는 행위입니다. 누군가를 배려하거나 칭찬의 말을 건네는 것 또한 베푸는 것이라 할 수 있습니다. "좋은 아침이네요." 또는 "잘 지내지?" 하고 건네는 한 마디 역시 보시의 하나입니다.

이런 친절한 행동을 하는 데에는 돈이 필요하지 않습니다. 게다가 우리 모두에게 이런 능력이 있다니 이 얼마나 놀라운 일입니까! 이런 행동은 모두 우리 사회에 쾌적하고 시원한 그늘을 제공해주는 조화로운 나무가 커갈 수 있는 발단이 됩니다. 남에게 베풀 수 있는 기회를 무심히 넘기지 마십시오. 그때가 바로 여러분이 좋은 인연을 만들 수 있는 기회가 될 테니까요.

남에게 베푸는 이를 도와주는 것 역시 또 다른 형태의 보시라 할 수 있습니다. 남에게 베푸는 모습을 보면서 우리는 행복한 감정을 느끼게 됩니다. 우리에게 직접 베푸는 것이 아닐지라도 그들의 행동을 보면서 감사의 마음을 가져야 하고, 마치 우리가 받는 것처럼 베푸는 사람을 호의적이고 기쁜 마음으로 대해야 합니다. 이것은 말처럼 쉬운 일은 아닙니다. 선행을 베푸는 이를 보면서 그 동기에 대해 의심의 눈

초리를 보내는 나쁜 습관을 가진 사람들도 있습니다. 그런 사람들은 누군가가 친절하게 대해주면 거짓말로 아첨을 늘어놓거나 그들의 친절을 이용하기도 하고, 다른 사람들이 베푸는 것을 보면서 분수껏 살라고 빈정대며 받는 사람들도 잘못이 있다며 비난합니다. 그들은 남을 시기하고 멀리 내다보는 안목이 없기 때문에 다른 사람의 단점만을 찾아내게 되고 베푸는 행동이 얼마나 행복한가를 경험할 수 있는 기회를 놓치고 있습니다.

행복이란 다른 사람들에게 베푸는 특별하고 놀라운 선물입니다. 이것은 우리의 시간을 제공하고 우리가 가진 기술을 나누고 도움이 필요한 이를 도와준다는 것을 의미합니다. 사람들은 행복을 유한한 실체로 여겨서 더 많이 줄수록 자신의 몫은 줄어든다고 생각하는 경향이 있습니다만 그것은 그렇지 않습니다. 행복은 다른 사람들과 나누면 나눌수록 더욱 커지고, 다른 이들과 행복을 나누는 것은 좋은 인연을 만드는 방법입니다. 다른 이들이 행복해하면 우리의 행복은 그만큼 더 의미 있고 만족스러운 것이 됩니다.

자신의 행복을 나누는 일에 대해 걱정할 필요가 없습니다. 행복을 자신의 것으로 한정시키려 한다면 행복을 충분히 느끼고 누릴 수 없게 됩니다. 또한 행복을 자신의 것으로 한정시키려 한다면 다른 사람과 행복을 나눌 때 자연적으로 생기는 인연이 못 견디게 부담스러울 수도 있을 것입니다. 행복은 불법과 마찬가지로 다른 사람들과 관계없이 혼자서만 경험할 수 있는 것이 아닙니다.

　다른 사람과 기쁨의 순간을 함께 나눌 때 우리는 충분히 축복받고 있다고 느끼게 됩니다. 왜 그럴까요? 다음에 나오는 이야기에서 그 이유를 명백하게 알 수 있습니다. 하나의 촛불로 다른 초에 불을 붙인다 해도 먼저 타고 있던 촛불은 여전히 그 광휘를 간직하고 있습니다. 반대로 생각해 보면 그 광휘가 그대로 간직된다면 모든 촛불들이 거대하고 통일된 하나의 빛으로 통합되면서 공간은 더욱 밝아지게 될 것입니다. 행복은 이런 촛불의 상태와 아주 비슷합니다. 다른 사람과 기쁨을 나눌 때 우리의 기쁨은 줄어들지 않습니다. 나는 여러분에게 행복을 멀리 멀리 자유롭게 나누어줄 것을 권합니다. 그것이 여러분의 행복이나 기쁨의 크기를 작게 만드는 일이 아니기 때문입니다.

　잠시 하던 일을 멈추고 세상을 바라보면 우리가 다른 사람들에 의해 존재하고 있다는 사실을 알게 될 것입니다. 베풂으로써 우리의 관계가 커지고 인연이 넓어진다는 사실을 알게 된다면 우리가 갖고 있는 것에 대해 항상 감사하는 마음을 갖게 될 것입니다. 베푸는 것과 감사하는 마음을 갖는 것은 항상 함께 합니다. 무엇에 감사해야 할까요? 부처님의 가르침에 감사해야 합니다. 우리에게 생명을 주고 키워주신 부모님께 감사해야 하고 지식을 전달해준 스승과 연장자에게 고마워해야 합니다. 알건 모르건 또 만나거나 그렇지 않았거나 간에 우리가 살아가는 데 기본적으로 필요로 하는 것들을 제공해준 모든 사람들에게 고마워해야 하고 따뜻한 온기를 전해주는 태양, 신선한 공기, 생명을 주는 빗방울 그리고 아름답고 웅장한 자연에 감사해야 합니다.

모든 인연이 모여 현재의 우리가 있게 되었다는 사실을 생각해 보면 우리가 만나는 모든 이들과 우리가 가진 모든 것들에게 큰 빚을 지고 있음을 알게 될 것입니다. 그렇게 되면 다른 사람들과 그들과의 관계에 대해 다른 측면으로 생각하게 됩니다.

역사를 통해서 볼 때 고도의 수행을 한 불교도들은 공통적으로 감사하는 마음을 갖고 있었습니다. 모든 존재들과 자신이 서로 깊은 인연이 있다는 사실을 깨닫고 있었으므로 감사하는 마음을 갖는 것 역시 불교도들의 수행 방법의 하나였습니다.

스물한 살에 수행의 길에 들어선 인광(印光) 대사의 이야기는 좋은 본보기가 될 것입니다. 대사가 처음 승려가 되었을 때 맡은 소임은 마실 물을 끓이는 일이었습니다. 물을 끓일 일이 있을 때마다 스님은 먼저 숲에 가서 나무를 해왔습니다. 스님의 제자들은 스님이 그런 하찮은 일을 맡은 것에 불만을 가졌지만 대사는 한 번도 불평하지 않았고 사원에서 살면서 일을 할 수 있게 된 것에 대해 감사하였습니다. 하지만 사람들은 점점 빠른 속도로 냉소적으로 변해갔으며 감사하는 마음을 갖기보다는 복수심을 갖게 되었습니다. 매사에 감사하는 마음을 갖게 된다면 사람들 사이에서 발생하는 갈등, 질투심, 하찮은 일로 인한 시비 같은 것은 심오한 기쁨과 깊은 친근감으로 바뀔 것이고, 그런 삶이야말로 좋은 인연을 만들어갈 수 있는 자양분의 역할을 하게 됩니다.

부드럽고 따뜻하고 사랑스럽게 말하기

사섭법 중의 두 번째 덕목은 친절하게 말하기입니다. 남에게 친절하게 말하기 위해서는 다른 사람을 헐뜯기보다는 칭찬을 해야 하고 비평하기보다는 용기를 주는 말을 해야 하며 냉정한 말보다는 따뜻한 말을 건네야 합니다. 종종 언쟁과 싸움은 불친절한 말투에서 시작하곤 합니다. 그러니 이러한 말 대신에 친절한 말투를 사용하거나 아예 그런 말투를 사용하지 않는 것이 좋습니다. 평화롭게 잘 지내던 사람들 사이에서 거짓말이나 중상모략, 나쁜 소문 등이 돌기 시작하면 그 모임은 깨지고 맙니다. 주의를 기울이지 않으면 한 번의 부주의한 말이 좋은 관계를 무너뜨리게 될 것입니다. 상대방을 사랑하는 마음을 갖고 조심한다는 생각으로 말을 하게 되면 사람들 사이에서 믿음과 자비가 생겨납니다.

사섭법의 세 번째 덕목인 남의 이익을 위해 행동하기란 항상 남을 돕는 일에 최선을 다하라는 뜻입니다. 대승불교에서 말하는 보리심(the bodhisarrva spirit, 菩提心)은 남을 나보다 먼저 생각하는 마음을 뜻합니다. 보살의 목적은 '모든 중생을 고통으로부터 해방시키는' 것입니다. 아미타불(阿彌陀佛)은 보살이었을 때 모든 중생을 부처님 앞으로 인도하고 극락세계에 이르게 하리라는 사십팔원(四十八願)을 세웠습니다. 비슷한 예로 지장보살(地藏菩薩)은 "지옥에서 고통 받는 중생이 있는 한 성불하지 않겠다."라는 말을 하였습니다. 보살은 나보다 남을 먼저 생각하는 순수하고 이타적인 마음을 나타냅니다. 모든 중생들이 이런 마음으로 수행한다면 모든 인간관계는 선해지고 자연스럽게 남을 위해 봉사하는 삶을 살게 될 것입니다. 더욱 많은 사람들이 항상 보리심을 행하기에 힘쓴다면 세상은 변할 것입니다.

보리심을 수행하는 방법에는 네 가지가 있습니다. 이것은 각각 다른 단계의 이로움과 친근함을 불러일으키는 다양한 능력이 포함됩니다. 첫 번째는 나 자신이 아닌 다른 사람을 이롭게 하는 것이고, 두 번째는 남이 아닌 나 자신을 이롭게 하는 것이며, 세 번째는 나도 남도 이롭지 않게 하는 것이고, 네 번째는 남도 나도 이롭게 하는 것입니다.

나 자신이 아닌 다른 사람의 이익을 위한 행동은 가장 이타적인 행동입니다. 대부분은 이렇게 행동하려 하지 않는데 그들은 단지 베풀기 위해 남을 돕는 일 따위에는 관심이 없기 때문입니다.「본생담(本生談)」에 보면 부처님께서 전생에 때로는 자신에게 해가 돌아옴에도 남을 도왔다는 이야기가 많이 나옵니다. 한 번은 부처님께서 배고픈 독수리에게 잡혀가는 비둘기를 구하기 위해 자신의 살을 베어 독수리에게 주셨습니다. 또 한 번은 스스로 배고픈 어미 호랑이의 먹이가 되어 어린 새끼들을 돌볼 수 있도록 하셨습니다.

두 번째 남이 아닌 내 자신을 이롭게 하는 것은 남을 돕는 일이 얼마나 숭고하고 자비로운 행동인지를 망각하고 습관적으로 자신만을 생각하는 가장 일반적인 태도입니다. 많은 사람들이 급하다는 이유로 새치기를 합니다. 하수구에 유독성 물질을 그냥 내다버리는 바람에 바다 속에 사는 물고기들이 떼죽음을 당합니다. 소란을 피워 평화

로움을 방해하는 단순한 행동 역시 무의식적으로 다른 사람의 행복과
안녕을 무시하는 행위입니다. 이런 행동들은 긍정적인 관계를 만드는
데 장애가 될 뿐입니다.

세 번째 나도 남도 이롭게 하지 않는다는 것은 가장 바보 같은 행
동이면서 사실은 전혀 의식하지 못하면서 우리 모두가 행하고 있는
행동입니다. 이런 어리석은 행동 중에 가장 대표적인 것이 흡연입니다.
마찬가지로 이런 행동은 죽이지 말라, 훔치지 말라, 음행하지 말라, 거
짓말하지 말라, 술 마시지 말라는 오계(五戒)를 위반하는 일이기도 합
니다. 이런 일들은 모든 중생들을 이롭게 하겠다는 우리의 서원을 방
해할 뿐입니다.

네 번째 나도 남도 이롭게 하는 행동이 있습니다. 이런 행동을 택해
야 하는 것이 명백함에도 많은 사람들은 다르게 행동합니다. 다른 사
람뿐만 아니라 우리에게도 이익을 주는 행동이란 어떤 것인지 보여주
는 두 가지 이야기를 소개하겠습니다.

옛날에 겨우 몇 푼의 돈만 남은 아주 가난한 사람이 있었습니다. 그
는 나이 든 어머니를 위해 마지막 남은 돈을 들고 빵을 사러 갔습니다.
그런데 그가 가진 돈은 가짜 돈이었기 때문에 빵을 살 수 없게 되었고,
그는 낙담하여 어찌할 줄을 몰라 하고 있었습니다. 그때 지나가던 한
병사가 그에게 무슨 문제가 생겼느냐고 물었습니다. 사정을 들은 병
사는 동정심이 일어 자신이 가진 진짜 돈과 바꾸어주었습니다. 병사
는 바꾼 동전을 윗옷 호주머니에 넣고 다시 전쟁터로 향해 갔습니다.

시간이 많이 흐른 어느 날 전방에서 근무하던 병사는 총에 맞고 말았습니다. 엄청난 충격을 받은 병사는 쓰러지고 말았지만 곧 기적적으로 자신이 상처 하나 입지 않고 살아 있다는 것을 알았습니다. 꿈을 꾸고 있는 것이 아닌지 몸을 살펴보던 병사는 윗옷 주머니에서 가짜 동전을 발견했습니다. 가운데가 움푹하게 들어간 동전이 총알을 막아주어 목숨을 구할 수 있었던 것입니다. 가난한 이를 구해준 병사의 자비심이 마찬가지로 병사 자신도 구해준 셈이 되었던 것이죠. 그 당시에는 자신의 작은 자비심이 이렇게 엄청난 결과로 돌아올 줄은 병사도 알지 못했지만 이제 그는 절망에 빠진 사람들을 돕는 일을 조금도 주저하지 않게 되었습니다.

사람들은 습관처럼 이기적으로 행동하고 즉각적인 만족감을 원하기 때문에 아무런 대가도 돌아오지 않을 것 같다는 생각이 들면 대개 다른 사람들을 도와주려고 하지 않습니다. 불행하게도 대부분 사람들은 "그래서 내게 무슨 도움이 되는 거지."라는 태도로 살아갑니다. 이렇게 인연의 소중함을 깨닫지 못한 채 자신을 속이며 살아가게 됩니다. 다음에 나오는 이야기는 다른 사람에게도 자신에게도 이로운 행동에 관한 또 하나의 이야기입니다.

옛날 인도에 사르바다타(Sarvadatta)라는 덕망 높은 왕이 살았습니다. 그는 자비로웠고 도움이 필요한 사람이 있다면 아무리 먼 곳에 있더라도 기꺼이 도움을 주는, 백성들과 친근함을 나누는 그런 왕이었습니다. 그의 자비로움에 대한 칭송은 주변 지역에까지 퍼져나갔습니다. 그 이웃나라는 브라만 가족이 다스리는 나라였는데 어느 날 브라만 가족의 아버지가 딸과 어린 아들을 남기고 숨을 거두었습니다. 아버지가 죽자 가족들은 즉시 어려움에 처해졌고 왕비는 어린 아들을 사르바다타 왕에게 보내기로 결심했습니다.

그때 이웃해 있는 또 다른 나라에서 사르바다타 왕을 공격해왔는데 그 나라의 왕은 성격이 매우 탐욕스럽고 포악했습니다. 사르바다타 왕은 이제 곧 적들이 쳐들어올 기세였지만 놀랍도록 담담하였고 아무 일도 없는 것처럼 생활했습니다. 다음 날 포악한 왕의 군대가 성문 밖까지 쳐들어왔지만 아무도 저항하지 않았고 군대가 곧 성안으로 들어오려고 하였습니다.

사르바다타 왕은 고민 끝에 자신이 왕국을 포기하여 백성들이 피 한 방울 흘리지 않고 무사하게 살아남는 것만이 최선의 길이라고 생각하고 포악한 왕에게 자신의 백성을 살려달라고 간청하는 내용의 편지를 남기고는 밤이 되자 몰래 궁전을 빠져나갔습니다.

이웃나라의 포악한 왕은 무례할 뿐만 아니라 의심도 많은 사람이었습니다. 사르바다타가 어느 날 돌아와 복수를 할지도 모른다는 생각에 두려워진 그는 새 왕으로서의 자신의 위치를 지키기 위해 도망간 사르바다타 왕의 목을 가져오는 자에게는 많은 상금을 내리겠다고 선포했습니다.

사르바다타 왕은 밤새 걸어서 이제는 새 왕이 된 무자비한 통치자의 손이 미치지 않는 먼 곳까지 도망하였습니다. 도주 중에 왕은 죽은 브라만의 어린 아들을 만나게 되었고 그의 딱한 사정을 알게 되었습니다. 어린 소년이 불쌍하게 생각된 왕은 자신이 할 수 있는 한 소년을 도와주겠다고 하였으나 소년은 아무것도 가진 것이 없는 왕이 어떻게 도와주겠다는 것인지 의아했습니다. 소년의 생각을 눈치 챈 왕은 "포악한 왕이 내 왕국을 차지했지만 아직도 난 너를 도와줄 수 있단다. 그가 사람들에게 내 목을 가져가면 큰 상을 준다고 선포했으니 네가 나를 죽이고 그 상금을 받으려무나."라고 말하였습니다. 소년은 사르바다타 왕을 죽일 생각이 없었으므로 왕은 자신을 묶어서 포악한 왕에게 데려가라고 말했고 왕의 간곡한 설명에 마침내 소년은 그 제안을 따르기로 하였습니다.

소년이 왕을 데리고 다시 성으로 돌아오자 사람들은 꽁꽁 묶인 그들의 왕을 보며 매우 슬퍼하였습니다. 왕이 돌아왔다는 소문은 포악한 왕에게도 들어갔고 그는 사르바다타를 데려오라고 명령했습니다. 전왕의 초라한 모습을 보게 된 신하들은 슬픔을 누를 길이 없었습니다. 신하들의 슬픈 울음소리에 마음이 움직인 포악한 왕은 어째서 그렇게 우느냐고 물었습니다.

"왕이시여, 저희는 폐하의 용서를 바라옵니다. 저희는 앞에 서 있는 사르바다타 왕의 관대한 마음에 감동하여 울고 있습니다. 처음에 왕께서는 백성들의 목숨을 구하기 위해 자신의 왕국을 버리셨습니다. 이제는 이 어린 소년에게 도움을 주기 위해 자신의 목숨을 내놓으려 하고 있습니다. 한때는 왕이었지만 이제는 범죄자처럼 취급을 받고도 아무렇지도 않은 듯 행동합니다. 저희는 모두 왕의 자비심에 감동하였습니다."

이 말을 들은 포악한 왕은 자신의 신하들이 사르바다타를 얼마나 사랑하는지 알게 되었습니다. 그는 사르바다타에게 다가가 밧줄을 풀어주고 그의 손을 잡아 왕의 자리로 데려가서 "나는 당신의 나라를 빼앗았지만 결코 당신 백성들의 마음까지 빼앗지는 못할 것 같습니다. 이제 당신에게 이 나라를 돌려드려야 할 것 같군요."라고 말하였습니다.

이렇게 해서 사르바다타 왕은 자신의 나라를 되찾게 되었습니다. 자신의 백성과 어린 소년에게 도움을 주고자 했던 일이 결국 자신을 돕는 결과를 가져온 것입니다. 그는 잘 알지도 못했던 어린 소년과 또 자신의 백성을 위해 기꺼이 목숨을 내놓으려 하였습니다. 그는 아름다운 인연을 만드는 비범한 자비심을 갖고 있었던 것입니다. 자신에게는 아무런 이익이 돌아가지 않을 것이 확실한데도 남을 돌본다는 것은 매우 고귀한 행동입니다. 그 안에는 병사와 사르바다타 왕의 이야기에서 알 수 있듯이 상상할 수 없고 기대하지 못하는 그런 보상이 숨어 있습니다. 항상 다른 사람들에게 많은 이익이 돌아가도록 행동하는 일은 자비심과 무욕의 관계를 만드는 씨앗이 됩니다. 우리가 다른 사람들을 사랑하는 한 그 노력은 헛되지 않을 것입니다.

다른 사람을 이롭게 하는 일에 힘쓰기 위해 우리는 부처님의 가르침을 실천하는 모범을 보여야 합니다. 부처님은 언제나 자비로우십니다. 어김없이 또한 한 치의 망설임도 없이 자신의 행복보다 다른 이의 행복을 먼저 생각하십니다.

부처님께서는 "세상의 근심거리를 먼저 생각하고 부귀영화를 마지막에 생각하라."라고 말씀하셨습니다. '저 사람이 나를 위해 무엇을 해주려나?'라고 생각하는 대신 '내가 저 사람을 위해 무엇을 해줄 수 있을까?'를 먼저 생각해야 합니다. 미국의 존 피츠제럴드 케네디 대통령은 "나라가 여러분을 위해 무엇을 해줄 것인가를 묻지 말고 여러분이 나라를 위해 무엇을 할 수 있는지를 물으십시오."라는 유명한 말을 남겼습니다. 나라의 화합을 위해 노력하자는 의미입니다. 이 의미를 명심하고 그대로 수행한다면 사람들의 관계는 화합을 이룰 수 있을 것입니다.

기쁨과 슬픔을 함께 하기

네 번째 덕목은 남이 하려는 일을 함께 하는 것입니다. 이 말은 다른 사람의 입장에 서서 생각해보라는 의미입니다. 다른 사람의 경험이나 마음의 상태 등은 고려하지 않은 채 자신의 생각을 남에게 강요하는 것은 공손한 태도가 아닙니다. 더 나쁜 일은 남의 견해를 자신의 견해보다 열등하다고 생각하여 관계를 악화시키는 행동입니다. 이것은 친근함의 정신을 흐리게 만듭니다.

우리는 다른 사람의 견해를 최대한 존중해야 합니다. 그들의 의견에 동의하지는 않더라도 다른 사람들이 왜 그렇게 생각하게 되었는지를 헤아릴 줄 알아야 합니다. 다른 사람을 진지하게 대하고 그들의 의

견이 나와 다르거나 별로 중요하다는 생각이 들지 않더라도 그대로 존중해주는 일이야말로 사람들 사이의 관계를 좀 더 긍정적이고 믿음 직스럽게 만드는 일입니다. 이렇게 된다면 모두 제자리를 찾게 될 것 입니다.

다른 사람의 관점에 공감하게 되면 잘못을 다른 사람의 탓으로 돌 리거나 자신의 의견만을 고집하는 일도 사라질 것입니다. 이런 미덕 을 수행함으로써 많은 잠재된 분쟁들은 일어나지 않고 그대로 사라질 수 있습니다. 다음 이야기는 아직 이 네 번째 덕목을 제대로 수행하지 못한 어느 가족에 관한 이야기인데 서로의 감정은 고려하지 않은 채 자신의 의견을 완고하게 고집하는 바람에 쉽게 피해갈 수 있었던 언 쟁이 점점 커지게 된 이야기입니다.

어느 더운 여름 날 리(李)는 선풍기를 틀었습니다. 그러자 장(張)이 짜증 섞인 목소리로 "너만 생각하지 마. 내가 감기에 걸린 걸 알면서 도 그래? 선풍기 끄란 말이야."라고 소리쳤습니다.

장이 소리치는 바람에 화가 난 리는 "감기 걸린 사람은 너 하나뿐이 잖아. 선풍기 바람이 싫다면 네가 자리를 저쪽으로 옮기면 되지."라고 대답하였습니다. 화가 머리끝까지 난 리는 "왜 내가 움직여야 하지?" 라고 대답했습니다.

한 사람은 선풍기를 틀기를 원하고 다른 한 사람은 끄기를 원했습 니다. 한 사람은 몹시 더웠고 또 한 사람은 감기에 걸려 있었습니다. 그들이 다른 사람의 감정을 신중하게 고려하지 않은 채 그저 자신의 편안함만을 원하는 한 어려운 상황은 계속될 뿐입니다. 만일 장이 처음부터 리의 상태를 헤아려서 선풍기를 피해 자리를 옮겼다면 어떻게 되었을까요? 또는 리가 장에게 선풍기 바람이 가게 된 것에 대해 미안해하면서 선풍기의 방향을 다른 곳으로 돌렸다면 어떠했을까요? 그들이 상대방의 입장을 고려해 작은 합의점을 찾았다면 일이 커지지도 않고 친근한 관계가 이루어져 공존의 평화가 무르익었을 것입니다.

다른 사람의 입장에서 생각하는 태도를 기르기 위한 수행 방법은 우리가 일상생활 속에서 실천할 수 있을 만큼 간단합니다. 진지하게 행동하고 화를 내지 않는 이러한 수행법은 일상생활 속에서 실천할 수 있습니다. 우리가 해야 할 것은 단 한 가지 '네가 옳고 나는 틀렸다.'라는 마음가짐을 갖는 일입니다.

사람들은 자신만을 생각하고 자신의 의견만이 옳다고 생각하기 때문에 이 말이 쉽게 납득이 가지 않을 수도 있습니다. 하지만 이것은 가치 있는 수행법입니다. 이런 실천은 사람들과 항상 평화로운 관계를 맺게 해줄 것입니다. 나는 여러분에게 한 번이라도 "당신이 옳았어요. 제가 잘못했군요."라고 생각해볼 것을 권합니다. 다른 사람들과의 친근함이 아름다운 꽃이 피듯 피어날 것이고 숨어 있던 갈등은 멀리 사라져버릴 것입니다.

사섭법을 수행한다는 것은 다른 사람과 조화롭게 소통하는 능력이 우리에게 있다는 것을 깨달아가는 일입니다. 받는 것은 주는 것이 되고 무례한 말투는 상냥하고 자애로운 말로 변하고 이기적인 생각은 남을 배려하는 마음으로 바뀝니다. 문제투성이였던 관계는 조화롭게 변하고 미워하는 마음은 친근함으로 변해갈 것입니다.

조화로운 관계를 만드는 여섯 가지 원칙

사회적 조화는 조화를 이루기 위한 기술, 노력, 정신 등으로 어떻게 서로 관계를 맺고 공동체적 삶을 이루는가 하는 문제에서 시작합니다. 승가(Sangha, 僧家)에서 실천하고 있는 육화경을 통해 사회생활을 하면서 평화로운 관계를 유지하는 방법을 배울 수 있습니다.

'승가'는 산스크리트어로 많은 뜻을 갖고 있습니다. 넓게 해석하면 불법을 따르고자 하는 공통의 목표를 가진 모든 이들을 일컫는 말이 됩니다.

불가에서 말하는 육화경 또는 육화승단(六和僧團)은 견해가 일치하여 이념적으로 화합한다(見和同解), 똑같이 함께 나누니 경제적으로 화합한다(利和同均), 계율을 존중함으로써 도덕적으로 화합한다(戒和同修), 기쁨을 함께 하니 정신적으로 화합한다(意和同悅), 비난하고 불화를 일으키는 말을 삼가하고 조심스럽게 말을 하니 언어가 화합한다(口和無諍), 대중을 이루고 함께 사니 행동으로 화합한다(身和同住)라는 것을 의미합니다.

이념적으로 화합한다

승가의 승려들은 그들이 따라야 할 법도인 불법에 대해 공통의 견해를 갖고 있습니다. 마찬가지로 만일 사회에서도 사람들이 공통의 정치적, 사회적 견해를 갖는다면 더 나은 사회가 될 수 있을 것입니다. 다른 나라를 보면 잘사는 나라일수록 그렇지 않은 나라보다 더 협동적이고 공통의 사고방식을 갖고 있는 것을 알 수 있습니다.

경제적으로 화합한다

승가에서는 속세를 떠난 이들이 모여 동등하고 검소한 생활을 하며 공동의 재산을 동등하게 사용합니다. 속세에서 가진 자와 못 가진 자들 사이에 너무나 많은 불평등이 존재하게 되면 그 사회는 본질적으로 흔들리게 됩니다. 또한 친근함과 조화로움을 만들어내는 것에 너무 적은 투자를 하게 되면 부자와 가난한 자들 사이의 간격은 더욱 벌어지게 마련입니다. 그러므로 많이 가진 사람들은 적게 가진 자들을 도와주어야 하고 능력이 있는 사람은 그렇지 못한 이들을 도와주어야 합니다.

도덕적으로 화합한다

승가에서는 모든 이들이 똑같은 도덕적 규범을 준수해야 합니다. 사회에서는 법의 시각에서 보면 모든 이들이 동등합니다. 그 누구도 법 위에 존재하지 않습니다. 법이 모든 이에게 동등하고 정당하게 적용된다면 사람들은 그 법을 존중하게 될 것이고 더욱더 법에 의지해 살아가려 할 것입니다.

정신적으로 화합한다

승가에서는 모든 이들이 영적인 발전을 하겠다는 공동의 목표를 갖고 있습니다. 사회에서도 사람들이 서로 다른 사람들이 잘살기를 기원한다면 그들의 성공을 질투하거나 결점을 비난하지 않을 것입니다. 동료들을 억누르려 하지 말고 추켜세워줘야 합니다. 평온한 마음을 갖고 도와주고 긍정적으로 바라보는 것, 이것이 평화로운 삶의 기본이 됩니다. 정신적으로 화합한다면 모든 곳이 극락정토(極樂淨土)가 될 것입니다.

언어가 화합한다

승가의 승려들은 비난하거나 불화를 일으키는 말을 삼가고 조심스럽게 말합니다. 이것은 대중(大衆)의 화합을 가져옵니다. 사회에서는 서로에 대한 오해와 원한으로 퉁명스럽게 말하거나 상소리가 오가게 되겠지요. 그러므로 우리들이 진지하게 생각하고 사려 깊게 말한다면 조화로운 인간관계를 이루게 될 것입니다.

행동으로 화합한다

승가에서는 똑같은 의식을 치르고 똑같은 경을 암송합니다. 사회에서도 다른 사람을 도와주기 위해, 또 세상을 존경심으로 가득하게 만들기 위해 행동해야 합니다. 이렇게 한다면 세상은 평화로워질 수 있을 것입니다.

이 육화경은 승려들이나 신도들에게나 똑같이 적용될 수 있습니다. 사회 구성원들이 자신의 마음을 들여다보게 된다면 많은 불일치하는 것들이 하나가 되겠지요. 개개인들이 '말로써 화합'할 수 있게 된다면 설사 정치적, 경제적, 도덕적으로 서로 반대 입장에 서게 되더라도 반목과 잔혹 행위 같은 일은 절대 일어날 수 없습니다. 일상생활 속에서 부처님의 가르침을 실천한다면 인간관계의 진정한 아름다움이 피어날 것입니다. 친근한 마음으로 함께 노래하고 서로 싸우거나 부딪치지 않게 될 것입니다.

하나 되는 관계 만들기

우리의 삶 속에 들어 있는 조화로움과 아름다움은 종종 자신과 남을 서로 다른 둘이라고 나누어보는 우리의 고집스러움 때문에 사라져버립니다. 우리들이 맺고 있는 관계와 우리가 사는 세상에 평화와 일치를 가져올 수 있는 궁극적인 해결책은 모두 하나라는 사실을 깨닫는 일입니다. 보살은 절대로 남의 험담을 하지 않습니다. 보살은 자신이 만나는 모든 사람들이 언젠가는 깨달음을 얻어 부처가 되리라고 믿기 때문에 그들을 정성으로 대합니다. 존중해줘야 할 만한 사람과 그렇지 않은 사람이 있다고 생각하는 태도를 취하지는 않습니다. 모든 존재들은 서로 연결되어 있다는 사실을 깨닫고 있기 때문에 상대방과 마음의 거리를 좁히게 되고 더 많은 사람들과 좋은 인연을 맺게 됩니다. 다른 사람들을 위하는 마음으로 이런 수행을 행한다면 우리의 세계는 훨씬 더 살기 좋은 곳으로 변할 것입니다.

자신과 남을 다르게 생각하는 한 다른 사람에 대한 사랑과 미움, 애정과 증오 사이에는 불균형만 커져가고 우리의 관계는 어긋나게 됩니다. 또 좋은 인연을 넓혀갈 수 있는 능력은 점점 줄어들 뿐입니다. 사람들은 상대방을 좋다, 나쁘다 또는 이해할 수 있다, 이해할 수 없다, 가치가 있다, 가치가 없다 등의 범주를 만들어놓고 그 안에서 평가합니다. 우리는 자신이 사랑하고 이해하는 사람과 함께 있고 싶어 하고 싫어하는 사람들과는 어울리려고 하지 않습니다. 나 자신과 다른 사람이라는 이분법적인 개념에 집착하다 보면 이런 차별적인 사고방식을 갖게 되고 이것은 사람들 사이의 조화와 균형을 깨뜨리게 됩니다.

자비심을 갖고 다시 한 번 주변을 둘러본다면 인간관계에서 생기는 많은 갈등은 사라질 것입니다. 모든 존재가 하나라는 것을 깨닫게 되면 다른 사람을 질투하는 마음도 사라지고 갈등의 여지도 생겨날 수 없습니다. 누구는 좋아하고 누구는 싫어하는 감정에 사로잡히는 일도 없어질 것이고 모든 사람을 자비의 눈으로 바라보게 될 것입니다. 모두가 하나라는 마음으로 세상을 바라본다면 어느 한 집단, 어느 한 사람이 다른 집단이나 다른 사람에 비해 더 중요하다고 말할 수 없습니다. 『금강경(金剛經)』에 보면 나와 남을 갈라놓는 어떤 경계나 간격도 존재하지 않으며 이런 정신적 구조물을 허물도록 힘써야 한다는 구절이 있습니다. 사람들이 갖고 있는 이분법적인 세계관을 없애버리면 자연스럽게 친근감이 생겨나고 좋은 인연을 맺을 수 있는 환경이 조성됩니다. 모두가 하나라는 시각으로 나와 남을 바라보는 수행을 할 때 우리는 모든 중생들과 긍정적인 연관을 맺는 것을 방해하는 의미 없는 심리전에 말려들지 않게 될 것입니다.

우리들 각각은 잘 짜인 그물의 한 부분과 같이 전체 그림의 한 부분을 차지하고 있습니다. 손을 펴서 다섯 손가락을 들여다보십시오. 손가락은 각각 길이가 다릅니다. 이런 차이가 없다면 우리가 당연하게 생각하는 손재주 같은 것은 존재할 수 없습니다. 손가락 하나하나는 많은 일을 할 수 없습니다. 하지만 다섯 손가락을 모아 주먹을 쥐면 강력한 힘이 발휘됩니다. 하나의 눈으로 각각의 개인을 바라보면서 그들이 갖고 있는 차이점을 인정한다는 것은 강력한 결속력을 키워주는 일이고 서로를 도와주고 존중해주는 경지에 이르는 길이기도 합니다.

불교 모든 학파들의 수행자들을 포함해서 서로 다른 관심사와 경향을 갖고 있는 각계각층의 사람들은 이런 협동의 정신을 기억해둘 필요가 있습니다. 한 사찰에서 다른 사찰로, 수행자에서부터 재가 신자에 이르기까지 우리는 모두를 진심으로 끌어안아야 합니다. 선종(禪宗)

이나 정토종(淨土宗), 또는 밀교(密敎) 수행자이건 관계없이 우리는 모두 부처님의 제자입니다. 따라서 서로를 존중해야 합니다. 승가의 목적에 따라 수행하는 한 피부색이나 학파가 다르다는 이유는 문제가 될 수 없습니다. 불교라는 커다란 우산 아래에서 우리는 부처님이라는 공동의 스승을 섬기고 있습니다. 변함없는 마음으로 불법을 추구하고 수행하며 서로 도움을 나누어야 합니다. 열린 마음과 차별 없는 생각으로 '사람들 속에서 불법을 찾아야' 하며 각자의 마음속에 숨어 있는 부처님을 발견할 수 있어야 합니다.

역사적으로 살펴보면 우리의 것 대(對) 그들의 것으로 대립하다가 마침내 수많은 갈등과 전쟁이 일어났다는 것을 알 수 있습니다. 홀로코스트(holocaust, 대학살)는 가장 끔찍한 예의 하나라고 말할 수 있습니다. 마찬가지로 발칸반도에서 벌어지는 인종 청소라는 끔찍한 행위도 많은 커다란 비극의 원인이 되었습니다. 자신과 다르다고 해서 거부하는 대신 상대방을 포용하는 방법을 배워야 합니다. 서로 존경하고 이해하는 가운데 발생하는 조화로움과 평화로움은 결국 보람 있는 결과를 가져옵니다. 서로 다르다는 점을 강조하는 대신 비슷하다는 점을 강조해야 합니다. 서로 다르게 보이고 다른 행동을 하는 것 같지만 사실 모든 인간은 똑같은 존재들입니다. 무엇보다도 같은 인연을 나누고 있기 때문에 우리는 모두 지금 이 세상에 다시 태어난 것입니다. 모든 중생은 같은 뿌리로 연결되어 있으며 이런 사실을 깨닫고 사는가 아닌가에 따라 이 사실을 부정할 수도 있고 받아들일 수도 있습니다. 이 소중한 세상에서 이웃으로 친구로 그리고 같이 사는 사람으로 만나게 해준 이 인연을 소중하게 생각해야 합니다.

보살이란 이처럼 우리 모두가 근본적으로 닮은 하나라는 생각을 구현하는 존재입니다. 보살은 모든 중생을 자신의 아들딸처럼 사랑하며 자신과 별개의 존재라고 생각하지는 않습니다. 사람들이 고통 받고 있을 때 보살들은 그 고통을 함께 느낍니다. 사람들이 즐거워하면 보살들도 그 기쁨을 함께 느낍니다. 우리 인간들과 보살들은 친밀하게 맺어져 있습니다. 보살들이 우리를 돕는 것은 보살 자신을 돕는 일과도 같습니다. 이것을 '무연의 자비(無緣의 慈悲, 인연과 관계없이 모든 대상을 향해 베푸는 자비―옮긴이 주) 수행'이라고 합니다.

우리가 행복해질 수 있는 진정한 능력을 갖고 있다는 사실을 깨닫기를 원한다면 먼저 우리들을 개개인으로 갈라놓는 벽을 허물어야 합니다. 이것은 우리 인간이 모두 그물처럼 얽혀 있는 인간관계에 한 부분을 차지하며 살아가고 있다는 사실을 깨닫고 그 결속력을 더해가려는 과정입니다.

선종의 육조(六祖) 대사는 이렇게 말했습니다. "불법은 이 세상에 있는 것이니 깨달음은 이 세상을 떠나서는 이루어질 수 없다. 이 세상 밖에서 깨달음을 얻으려 하는 것은 마치 토끼의 뿔을 찾으려 하는 것과 같으니." 이 말에서 우리는 불법이 이 세상에, 우리 안에 있다는 것을 알 수 있습니다. 불법을 찾고자 한다면 먼저 우리는 모두 하나라는 사실을 이해해야 합니다. 우리의 세계관이 모두 하나라는 사실에 근거한다면 삶은 진실로 기쁨으로 가득차고 의미 있게 변할 것입니다.

저는 개인적으로 우리가 하나라는 깨달음을 얻은 후 얼마나 삶이 발전했는지를 경험했습니다. 초기에 저는 책과 글을 저술하여 돈을 벌었습니다. 이 돈으로 아주 좋은 집을 구입하였고 이 집이 저에게 글쓰기에 전념할 수 있는 환경을 만들어줄 것이라고 생각하였습니다. 집은 정말로 편안했습니다. 하지만 저는 모든 사람들이 편안하기를 원했고 결국 그 집을 팔고 불광산사를 짓기 위한 준비에 들어갔습니다. 이제 나는 불광산사에서 경전을 낭독하는 어린 학생들을 목소리를 듣게 되었고 부처님께 절을 하는 신도들의 모습을 보게 되었으며 이것에서 무한한 기쁨을 느낍니다. 제가 개인적으로 아무것도 가진 것이 없다고 해도 불광산사를 통해 제가 받는 선물은 좋은 집에서 사는 편안함보다 몇 배 더 큰 선물입니다. 모두와 함께 한다는 생각으로 이 세상을 바라볼 수 있다면 다른 사람과 친근하게 지내지 못할 일은 절대로 없을 것입니다.

혜능(慧能, 후에 선종의 6조가 됨) 선사는 선종의 5조(五祖) 선사와 처음 만났을 때 하나됨에 대해 말하였습니다. 혜능은 출가하기 전에는 평범한 나무꾼이었습니다. 혜능은 5조 선사에게 부처님의 가르침을 배우고자 먼 곳에서 찾아왔다고 말하였습니다. 5조 선사는 "너는 어디에서 왔느냐?"라고 물었고 혜능은 "영남에서 왔습니다."라고 대답하였습니다. 혜능을 더 시험해보고 싶었던 5조 선사는 "영남 사람은 야만스러운 오랑캐족이다. 따라서 너는 부처님이 될 자질이 없다."라고 말하였습니다. 혜능이 이에 "사람에게는 남쪽이나 북쪽이 있을 수 있지만 그들의 불성(佛性)은 모두 하나입니다."라고 대답하였습니다.

　눈으로 보이는 차이점을 극복하면 그것이 일시적으로 우리의 진정한 본성을 가리고 있다는 것과 또 우리는 모두 하나이고 같은 불성을 갖고 있는 것을 깨닫게 됩니다. 이렇게 된다면 사람들 사이에 존재하는 차이점은 줄어들고 깊은 골은 메워지게 될 것입니다. 우리가 모두 하나의 본성을 갖고 있다는 사실을 기억한다면 다 같이 조화롭게 살지 못할 이유가 없음을 알게 될 것입니다.

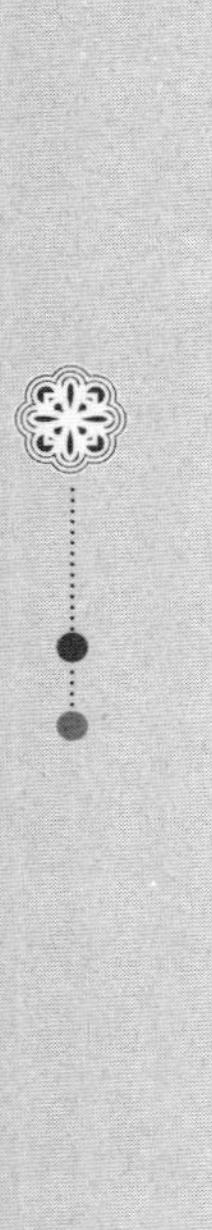

[제2장]

관계를 더 가까이 들여다보기

세상에는 친구 관계, 가족 관계, 출가자와의 관계 또는 출가자들 간의 관계 등 많은 형태의 관계가 존재합니다. 이런 특정한 관계를 어떻게 개발하고 관리하느냐에 따라 우리 자신의 기쁨과 만족이 결정됩니다. 모든 존재들이 관계 맺기에 대한 무한한 능력을 타고 났다는 사실을 깨닫는다면 우리의 인생은 아주 멋지게 변할 것입니다. 편안하고 행복하게 살면서 다른 이들에게 이익을 줄 수 있는 고귀한 삶은 자비와 순수한 마음으로 모든 관계를 대할 수 있는 능력과 의지에서부터 시작됩니다. 다음에 나오는 이야기를 잘 들어보시기 바랍니다.

옛날에 한 남자가 선사(禪師)에게 자신의 생일을 맞아 특별한 글씨를 써달라고 부탁했습니다. 선사는 "아버지가 죽고, 아들이 죽고, 손자가 죽는다."라고 써주었습니다. 자신의 생일에 이런 글을 받게 된 남자는 조금도 즐겁지 않았지만 선사는 "이것은 행운의 글이요."라고 말했습니다. 궁금해진 남자가 "모든 사람이 죽는다는데 무엇이 행운이란 말씀입니까?"라고 물어보자 선사는 "당신은 손자가 당신이나 당신의 아들보다 먼저 죽기를 원합니까? 연장자가 어린 사람의 장례를 지켜봐야 한다는 것이 얼마나 비극일까요?"라고 설명하였습니다.

다른 사람과 어떤 관계를 맺고 있는지, 또 그 관계를 어떻게 만들어가야 하는지를 제대로 이해하지 못한다면 그것은 자신과 다른 사람들에게 불필요한 문젯거리를 만들어내고 있는 것에 불과합니다. 사람들은 최고의 행복이 가까이에 있다는 것을 잊고 있습니다. 여러 가지 모습의 관계들을 개발하고 유지하는 기술을 키워나가는 것이 중요합니다. 이렇게 함으로써 다른 사람들을 억압하거나 탄압하는 대신 자비와 사랑을 베푸는 능력을 높여서 그들에게 힘을 주고 고양시켜야 합니다.

경전에는 관계를 맺는 방법에 대한 많은 말씀이 나와 있습니다. 이런 글은 사람들 사이의 거리를 없애고 더욱 깊은 인연을 만들어가는 데 도움을 줍니다. 역사적, 문화적 차이점이 있긴 하겠지만 존경과 자비심은 보편적으로 건강하고 좋은 관계를 만들어가는 기본입니다. 우정에 대해 경전에서는 어떻게 말하고 있는지 구체적으로 알아본 다음,

건강한 감정과 사랑에 대해 논의해보기로 하겠습니다. 마음에 와 닿는 이런 가르침과 조언은 주변의 모든 사물과 오래도록 친근하게 지내는 데 도움을 줄 것입니다.

네 가지 유형의 우정

경전에 의하면 친구에는 나를 꽃처럼 대하는 친구, 균형 잡힌 행동을 하는 친구, 산 같은 친구, 땅 같은 친구 등 네 가지 유형이 있습니다.

사람들은 모두 꽃을, 특히 활짝 핀 아름다운 꽃을 좋아합니다. 집을 장식하기 위해 꽃을 꽃병에 꽂아놓고 마치 사랑하는 사람에게 하듯이 애정을 듬뿍 쏟기도 하고 머리에 꽂아 장식을 하기도 합니다. 하지만 꽃이 시들면 가차 없이 쓰레기통에 버립니다. 자신의 친구들을 이렇게 대하는 사람이 있습니다. 그들은 자신이 필요할 때만 친구들을 반가워하고, 쓸모없어지면 마치 시든 꽃을 버리듯 친구들을 외면합니다. 친구들이 잘되고 돈도 많이 벌면 그 친구를 숭배하지만 그에게 불행이 닥치거나 건강을 잃게 되면 그 불행이 자신에게 미칠까봐 친구를 멀리합니다.

"아무도 관심을 갖지 않는 사람이 가장 가난한 사람이다. 부유한 사람이란 도움이 필요할 때 멀리 떨어진 곳에 사는 지인(知人)이 와주는 사람이다."라는 경구에서도 이런 사실을 알 수 있습니다. 사람들은 습관적으로 아름다운 것을 좋아하고 그렇지 않은 것은 멀리 하려고 합니다. 이런 습성을 따르지 않는 것은 평생 지속될 우정을 만들고 지키기 위한 중요한 요건입니다.

또한 끊임없이 자신과 친구를 비교하며 저울질하는 사람도 있습니다. 그들은 친구가 자신보다 더 나은 행동을 한다고 느끼면 질투를 하고 저울이 자신에게 기울면 우쭐댑니다. 그들의 저울은 균형을 이루는 법이 없습니다. 자신들이 친구보다 '유리'하지 않으면 만족스러워하지 않기 때문이죠. 우정을 이런 식으로 정의하고 비교하는 것은 자신에게 엄청난 피해로 돌아옵니다.

반면 산과 같은 친구들도 있습니다. 많은 돌과 꽃, 산짐승들로 가득한 산처럼 이런 친구들은 소중하고 놀라운 존재들입니다. 이런 친구들은 인생의 아름다움과 다양함을 끊임없이 상기시켜줍니다. 우리는 이들에게서 많은 것을 배울 수 있습니다. 좋은 토양에서 많은 것이 자라날 수 있는 것처럼 위대한 대지와도 같은 친구들은 우리를 지혜롭고 강인하게 만들어줍니다.

『아함경(阿含經)』에는 우리가 사귀어야 할 네 가지 유형의 친구에 대한 이야기가 나옵니다. 첫 번째 친구는 옳지 않은 것에서 옳은 것을 구별할 수 있도록 도움을 주는 친구입니다. 그들은 우리의 행동이 칭찬받는 때가 언제인지 알려주고, 그릇된 행동을 했을 때 충고해주는 일을 주저하지 않습니다. 이런 친구들은 우리가 바른 길을 갈 수 있도록 도와줍니다. 두 번째 친구는 자비롭고 배려할 줄 아는 친구입니다.

그들은 우리가 힘들 때 도덕적으로 도움을 주고, 우리가 좋은 일을 하면 함께 기뻐해줍니다. 세 번째 친구는 언제든지 도움을 손길을 내밀 준비가 되어 있는 친구입니다. 그들은 단단한 기둥과도 같습니다. 우리가 길을 잃고 방황할 때 목적지를 찾을 수 있도록 도와줍니다. 네 번째 친구는 영감을 함께 나누는 친구입니다. 이 친구들은 우리에게 용기를 주고 그들의 시간과 능력을 함께 나누기를 주저하지 않습니다. 좋은 친구는 서로 소통할 수 있는 능력이 우리에게 있다는 것을 발견하게 해주는 친구입니다. 이런 능력을 적절히 키웠을 때 우리는 주변에 좋은 인연을 많이 만들 수 있습니다.

다른 경전에도 역시 우리가 피해야 할 다섯 가지 친구의 유형에 대한 이야기가 나옵니다. 첫 번째로 결코 자신의 진심을 드러내지 않는 사람들이 있습니다. 이런 사람들은 믿을 수도 없고 진지하지도 않으며, 아무런 양심의 가책도 느끼지 않고 다른 사람들을 자신의 이익이 되는 일에 이용하기까지 합니다. 두 번째로 다른 사람들의 행운이나 성공을 질투하는 사람들이 있습니다. 이들은 일생 동안 원한과 분노 속에서 허우적대기만 합니다. 세 번째는 돌 같이 딱딱한 마음을 가진 사람들입니다. 그들은 자신밖에 생각할 줄 모르고 다른 사람이 곤경에 처해 있는 것은 보지도 못하며 도울 생각도 하지 않습니다. 네 번째로 자신의 실수를 깨닫지 못하는 이들입니다. 자신의 어리석은 행동에서 깨달음을 얻고 성장하려고 하지는 않으면서 남의 실수는 재빨리 찾아내고 비난하는 사람들입니다.

　마지막으로 남의 충고를 들으려 하지 않는 사람들을 피해야 합니다. 이들은 속이 좁고 마음이 닫혀 있는 사람들입니다. 비록 우리가 이런 사람들에게도 언제나 친절하고 자비로운 태도를 보여야 하지만 그들을 친구로 가까이 하는 것은 현명한 행동이 아닙니다. 우정은 상호 간의 친근함에서 이루어지는 것이지 어느 한 쪽의 일방적인 노력으로 이루어지는 것은 아닙니다. 참된 우정은 진정한 기쁨이 무엇인지 실제적으로 보여줍니다.

　경전에서는 또 우정 외에 결혼한 사람들 간의 관계나 부모 자식 간의 관계, 출가한 사람들 간의 관계와 서로 다른 사회적 계층 간의 관계에 대해서도 이야기하고 있습니다. 사람들과 관계를 맺는 것은 바로 평화롭게 서로 도우면서 공존하는 기초가 되고 모든 수행의 시작이 됩니다. 이런 이유로 부처님께서는 다른 이들과 친근하게 지내는 방법에 대해 말씀하셨습니다. 사람들에게는 친근함을 만들어내고 키워가는 무한한 능력이 있습니다. 우리에게 그런 능력이 있다는 것을 깨달을 수 있는 지혜와 동기가 필요합니다.

　사람들과 좀 더 적절하고 폭넓은 인간관계를 맺고자 할 때 감정을 어떻게 조절하느냐 하는 것이 가장 중요한 문제가 됩니다. 감정이 전혀 없는 관계는 있을 수 없으므로 감정을 지혜롭게 다룰 수 있어야 합니다. 우리는 좀 더 능숙하고 여유 있는 관계를 유지하고 각자 타고난 사랑의 능력을 발휘하면서 행복하게 살아야 합니다. 다음 장에서는 감정에 대해 이야기하겠습니다.

건강한 감정, 건강한 사랑

감정은 사람들의 일상생활에서 아주 중요한 부분을 차지하며 관계를 이끌어가는 역할을 합니다. 이런 감정은 우리가 슬픔이나 기쁨을 느끼고 그것에 따라 행동하게 만듭니다. 그러므로 관계를 맺음으로써 발생할 수 있는 고통을 최소화하여 자신의 감정이 편안한 상태를 유지하게 하는 것이 반드시 필요합니다. 감정이란 관계들을 붙여주는 풀과도 같습니다. 관계는 사회의 기본을 이룬다는 것을 항상 기억하십시오. 다시 말하면 인간의 경험은 관계에서 비롯되고 관계는 감정에서 나오므로 안정적이고 긍정적이고 건강한 사회는 마찬가지로 안정적이고 긍정적이고 건강한 감정에서부터 시작됩니다.

많은 이들이 부처님께서는 감정을 인정하지 않는다고 잘못 이해하고 있습니다. 하지만 이것은 부처님께서 말씀하신 진리와는 거리가 먼 이야기입니다. 불교에서는 감정을 버리라고 하는 것이 아니라 집착하지 않는 건강한 감정을 이끌어 내고 조절하는 방법에 대해 말하고 있습니다. 사람의 감정이 항상 건강하게 유지될 수 있을까요? 부처님께서는 자비로운 마음을 갖고 난폭하게 움직이는 감정을 지혜롭게 다룬다면 이런 일이 가능하다고 말씀하셨습니다.

사람들은 부처님이 깨달음을 얻은 위대한 스승이라는 것은 기억하면서도 부처님 역시 애정이 많고 사랑을 원하는 인간이었다는 사실은 잊어버립니다. 부처님도 감정의 기복을 경험하셨습니다. 그러나 그것에 연연해하지 않았기 때문에 감정에 지배당하거나 감정에 따라 행동하지 않으셨을 뿐입니다.

사람들은 모두 감정이라는 균에 감염된 채 살아가고 있습니다. 다양한 종류의 감정을 경험하면서 사람들의 관계도 다양해져, 예를 들면 부부 사이에 존재하는 감정과 부자간이나 형제, 친구 간에 존재하는 감정은 서로 그 성격이나 갖고 있는 힘의 크기가 다릅니다. 하지만 이 모든 관계 속에서도 공통분모는 사랑과 애정입니다. 이런 까닭에 건강한 사랑은 모든 중생을 자유롭게 만드는 믿을 수 없을 만큼 커다란 잠재력을 가지고 있습니다. 하지만 그만큼 잘못된 사랑이 일으키는 문제점들은 항상 염두에 두어야 합니다. 사랑은 우리에게 친근함을 만들 수 있는 진정한 힘이 있다는 사실을 깨닫게 해줍니다.

가끔 이런 질문을 받습니다. "우리는 어디에서 왔습니까?" 경전에서는 우리 인간은 사랑에서 나왔다고 말하고 있습니다. 또 "인간의 사랑이 힘이 없었다면 우리는 사바세계에 태어나지 않았을 것이다."라는 구절도 있습니다. 사랑은 삶의 원천이고 그 사랑과 애정이 계속되고 있음을 보여주는 것이 우리의 존재입니다. 우리는 걷고 말하고 숨쉬고 사랑의 중요성과 그 사랑을 무한히 베풀 능력이 있다는 것을 배워갑니다.

'건강한' 사랑이 있으면 '건강하지 못한' 사랑도 있고, '주는 것'이 있으면 '갖는 것'도 있습니다. 사랑에는 더하기도 있고 빼기도 있습니다. 더하기 사랑은 우리에게 희생하고 베풀고 용기를 주고 다른 사람과 만나고 자비롭게 행동할 수 있는 힘을 줍니다. 사랑은 지도와 같아서 삶의 방향을 제시해주고 우리가 가야 할 곳을 분명하게 일러줍니다. 또 사랑은 담요처럼 우리를 따뜻하고 편안하게 감싸주고 초콜릿 박스처럼 달콤합니다.

빼기 사랑은 우리를 꽁꽁 묶어 구속하는 밧줄이 됩니다. 또 우리를 속박하고 불안하게 만드는 자물쇠가 되고 사람들을 눈멀게 하여 진실을 깨닫지 못한 채 무명(無明) 속에서 원칙과 기준을 양보하게 만듭니다. 사랑은 날카로운 칼날에 발라져 있는 꿀과 같습니다. 우리는 혀가 베이고 목숨이 위험할 수도 있다는 것을 알면서도 칼날을 핥고 싶은 유혹을 떨쳐버릴 수가 없습니다. 사랑은 고통으로 가득한 바다와도 같습니다. 때로는 난폭한 파도를 일으켜 우리를 집어 삼키기도 합니다.

우리는 모두 사랑받기를 원합니다. 어떤 이들은 단순히 사랑받는 것 이상을 넘어서서 자신의 삶을 남을 위해 바치기도 합니다. 사랑을 하건 혹은 사랑을 받건 그 사랑이 변하지 않도록 주의해야 합니다. 사랑과 미움은 떼래야 뗄 수 없는 것이어서 서로가 서로의 그림자 역할을 합니다. 만일 우리가 올바르게 사랑하지 않는다면, 또 넓은 마음으로 모든 이들을 사랑하지 못하고 내 주변만 사랑하고 있다면 우리의 사랑은 행복하고 자유로운 마음으로 모든 중생들의 삶을 돕는 일에 그다지 도움을 주지 못할 것입니다.

사랑을 실천한 가장 빛나는 존재이신 부처님의 말씀과 함께 사랑과 애정에 대한 네 가지 단계에 대해 알아보도록 하겠습니다. 그리고 그런 사랑과 애정을 건강하고 긍정적인 방법으로 키워나가는 방법에 대해 말해보겠습니다. 우리는 기본적인 사랑에서 초월적인 사랑으로 나아가고 있습니다. 이미 자신이 어느 정도 발전 단계에 도달한 사람도 있겠지만 우리는 우리에게 가능한 한 최고의 단계에 이를 수 있는 타고난 능력이 있다는 믿음을 가져야 합니다. 각각의 단계들은 관계를 긍정적이고 자유로운 방향으로 발전시켜 인연이 아름답고 조화롭게 피어나게 만듭니다.

사랑과 애정의 다양한 모습

일상의 사랑

일상의 사랑은 사랑의 첫 번째 단계이고 친근함의 가장 기본적이고 보편적인 형태입니다. 여기에는 남녀 간의 사랑, 부모 자식 간의 사랑, 가족들의 사랑과 친구와의 사랑이 있습니다. 일상의 사랑은 서로에게 축복이 될 수도 있지만 상처를 주기도 합니다. 사람들은 대부분 사랑의 기쁨에 대해 알고 있고 또 그것을 원하고 있지만 사랑의 고통에 대해서는 잘 모르고 있습니다. 따라서 저는 사람들이 이 고통에 대해 좀 더 깊이 연구해볼 필요가 있다고 생각합니다. 사랑이 문제를 일으키는 데에는 다음과 같은 세 가지 이유가 있습니다.

첫째, 사랑하는 대상이 적절하지 않았을 때입니다. 호감이 가는 사람을 사랑하는 것은 인간의 본성입니다. 그러나 사랑의 대상이 적절하지 않았을 때 사랑은 우리를 끊임없이 절망하게 만듭니다. 정혼한 사람이 있거나 결혼한 이를 사랑하게 된다면 그 사랑은 문제를 일으키게 되어 있습니다. 손뼉이 맞아야 사랑도 할 수 있습니다. 나에게 아무런 감정도 없는 사람을 사랑한다면 그것은 벽에 대고 머리를 찧는 일과 같습니다. 사랑하는 대상이 누구인가에 따라 자신의 감정을 조절해야만 합니다. 그렇지 않으면 도움을 주기는커녕 문제만 끊임없이 일으키고 자신과 상대방을 모두 상처 입히는 결과를 가져오게 됩니다.

사랑이 문제를 일으키는 두 번째 경우는 사랑에 대한 생각이 올바르지 않았을 때입니다. 비록 불완전하기는 하지만 사랑에 대한 가장 흔한 관점 중에 하나는 사랑을 소유의 개념으로 보는 관점입니다. 자신들의 부를 이용해 사랑을 살 수 있다고 믿는 사람도 있습니다. 상대방보다 자신이 모자라다는 생각에 감히 사랑할 엄두를 내지 못하는 사람도 있고, 상대방의 외모나 교육 정도, 직업, 사회적 위치나 재산 또는 가족을 보고 사랑할지 말지를 결정하는 사람도 있습니다. 사랑이라는 것을 상대방에게서 무엇인가를 반드시 얻어와야 하는 일종의 거래로 생각하기 때문입니다. 그들에게 사랑은 지위, 평판, 돈 그리고 안전함의 또 다른 모습일 뿐입니다. 이것은 사랑에 대한 잘못된 생각이고 사랑의 고귀한 가치에 대한 조롱입니다. 진실한 사랑은 요구하거나 필요하다고 말하지 않습니다. 진실한 사랑은 베풀어주는 것입니다.

사랑이 문제를 일으키는 세 번째 경우는 사랑하는 방법이 잘못 되었을 때입니다. 자신만을 사랑하고 다른 사람은 거들떠보지도 않는 사람이 있습니다. 그들의 사랑은 천성적으로 이기적인 사랑입니다. 그들은 끊임없이 개인적인 즐거움만을 추구할 뿐 그 과정에서 다른 사람에게 상처를 줄 수 있다는 생각은 전혀 하지 않습니다. 혼자만의 생각으로 판단하는 사람도 있습니다. 그들은 사람들을 자신이 좋아하는 사람과 싫어하는 사람으로 나누어 대합니다. 때때로 사랑은 색안경처럼 우리가 사랑하는 사람의 진실을 보지 못하게 하고, 건전하지 못하고 끊임없이 부정하는 상태에 놓이게 만들기도 합니다. 사랑이 우리를 눈멀게 한다는 것은 놀라운 일이 아닙니다. '사랑하는 이의 단점을 알고 싫어하는 이의 장점을 알아야 한다.'라는 중국 격언이 있습니다. 올바르게 사랑할 때 사랑은 최고의 선물을 줍니다.

바르게 사랑하지 않을 때 다른 사람에 대한 애정이 지나칠 수 있습니다. 누군가를 사랑하게 되면 그에게 혹은 그녀에게 특별한 요구를 하고 싶어집니다. 중국 문학 작품에서 사랑하는 사람을 독점하고 싶은 욕망을 사람의 눈이 갖고 있는 민감함에 비유한 구절이 있습니다. 눈은 너무나 민감해서 아주 작은 모래알이 들어가도 아픔을 느끼고 거북해합니다. 마찬가지로 사람들은 사랑에 빠지면 극히 사소하게 거슬리는 일이 일어나는 것조차 받아들이고 싶어하지 않습니다. 이런 욕망은 거의 본능적인 것으로 세 살배기 아기도 엄마를 소유하고 싶어 합니다. 그러나 진실한 사랑은 소유하는 것이 아니라 베푸는 것입니다. 소유하고자 하는 욕망에서 이루어진 관계는 깨지게 마련입니다.

소유의 욕망은 시간이 지나면 질투로 변하거나 상대방에게 더욱더 많은 것을 탐욕스럽게 요구하게 되기 때문입니다. 소유하려는 욕망을 줄이고 베풀고자 하는 마음을 키우는 것은 결혼한 사람들의 관계를 포함한 모든 관계를 더욱 돈독하게 만들어줍니다.

이해를 돕기 위해 저의 경험담을 이야기하겠습니다. 절에 오는 신도들 중에 크게 성공한 사업가를 남편으로 둔 여신도가 있었습니다. 하지만 실망스럽게도 그녀의 남편에게 애인이 생겼습니다. 배신감을 느낀 그녀는 시간이 갈수록 더욱더 화가 났고 남편을 무시하게 되었습니다. 부인은 남편을 경멸의 시선으로 차갑게 바라보았고 그들의 대화는 항상 싸움으로 커져갔습니다. 부인의 적대감과 냉담함이 커져가고 분위기가 냉랭해지자 점점 더 남편은 집을 멀리 하였고 그들의 결혼은 구제불능의 상태로 접어들고 있었습니다.

어느 날 부인이 제게 찾아와 눈물로 자신의 사정을 이야기했습니다. 부인은 자신이 어떻게 해야 하는지 조언을 해달라고 청하였고 저는 그녀에게 "남편의 마음을 돌리고 결혼 생활을 회복시킬 방법을 알고 있습니다. 하지만 제가 일러준 대로 실천에 옮길 수 있을지 걱정이 되는군요."라고 말하였습니다. 그녀는 제가 말한 대로 하겠다고 약속하였습니다. 저는 그녀에게 이렇게 말했습니다.

"먼저 마음속에 있는 화와 미움을 버리십시오. 그리고 용서할 수 없고 회복될 수 없는 일은 일어나지 않았다는 것을 알아야 합니다. 남편을 대할 때 그런 실수를 저지른 적이 없는 것처럼 예전과 같은 사랑과 친절로 대하십시오. 남편을 감정대로 대하는 것은 그를 멀리 쫓아버리는 행동입니다. 비난하고 화내는 것은 화해로 가는 길이 아닙니다. 둘째, 남편이 직장에서 돌아왔을 때 그가 얼마나 험하고 힘든 곳에서 지내고 돌아왔는지 이해하도록 노력하십시오. 집에 돌아왔을 때 온기와 사랑을 느끼게 되면 남편은 더 이상 다른 곳에서 위안을 찾을 필요가 없다는 생각을 하게 될 것입니다. 오직 사랑하는 마음만이 남편의 사랑을 돌아오게 할 수 있습니다."

그 부인은 제가 일러준 대로 행동하였고 얼마 지나지 않아 남편은 마음의 변화를 일으켜서 더 이상 방황하지 않게 되었습니다. 부인 역시 자신이 남편에게 너무 많은 것을 요구하며 잔소리를 했었다는 것을 깨달았고, 자신의 강압적인 성격 때문에 남편이 집 밖에서 '행복'을 찾으려 했음을 알게 되었습니다. 부부는 자신들이 결혼 생활을 돌보고 가꾸는 데 소홀했던 것을 뉘우쳤습니다.

저와의 상담을 가진 후 부부는 결혼 생활에 진정한 변화가 왔음을 깨달았고 그들의 가정에는 더 깊은 사랑이 찾아왔습니다. 어느 날 남편은 부인에게 무엇이 그녀를 그렇게 변하게 만들었는지 물어보았습니다. 부인이 마치 다른 사람처럼 느껴졌기 때문입니다. 부인이 그동안의 이야기들을 들려주자 남편은 그들의 결혼 생활을 구해준 것에 매우 고마워하며 정기적으로 절에 나오게 되었습니다.

이것은 그저 하나의 일화일 뿐 결혼 생활의 다른 문제까지 해결할 수 있는 만병통치약이 되지는 않을 것입니다. 하지만 미움이 사랑을 이길 수 없다는 사실을 이해하는 데에는 도움이 될 것입니다. 베풀고자 하는 의지가 있다면 사랑은 커나갈 수 있습니다. 두 사람 사이에 틈이 생겼을 때 적어도 한쪽에서 아주 작게라도 베풀 마음이 있다면 희망이 있습니다. 한 번 베풀면 계속해서 베풀게 됩니다. 전염성이 있다고 할 수 있지요. 만일 두 사람 모두 베풀기를 거절한다면 사소한 언쟁에도 중심을 잃고 감정에 휘말리게 될 것입니다.

상대방을 자기 마음대로 조정하려고 한다면 그 관계는 곧 끝나게 됩니다. 사랑이 문제를 일으키고 마음을 상하게 만드는 것은 불행한 일입니다. 사랑에 집착해서 폭행을 하거나 살인까지 저질렀다는 기사를 볼 때마다 올바르게 사랑하지 못하는 일이 가져온 커다란 비극에 너무나 큰 슬픔을 느끼게 됩니다. 베푸는 것은 관계를 발전시키는 데 가장 좋은 영양소입니다. 서로 주고받으면서 지켜온 관계는 언제나 믿음직스럽고 행복합니다. 이런 관계 속에 있는 친근함은 우리가 맺은 다른 관계에도 긍정적인 에너지를 나누어주고 그 결속력을 더욱 단단하고 깊게 만들어줍니다. 사랑하는 사람에게 끊임없이 베풀지 못하고 그들을 위해 커다란 희생을 할 수 없다고 해도 최소한 그들에게 상처를 주지는 않을 것입니다.

『전국시대(戰國時代) 이야기』에 나오는 장군 악의(樂毅, 전국시대 연나라의 유명한 장군)는 이렇게 말했습니다. "좋은 사람은 우정이 깨어졌을 때 상대방의 험담을 하지 않는다. 충성심이 강한 사람은 궁궐에서 쫓겨나더라도 오명을 씻으려 노력하지 않는다."

　마찬가지로 대부분의 사람들이 자신의 로맨스를 결혼이라는 축복으로 발전시키고 싶어 하지만 그것이 실패했을 때 관계를 정리하는 방법을 아는 것도 중요합니다. 친구 관계가 깨어졌을 때 서로에게 우호적으로 대해야 하고 원한을 품어서는 안 됩니다. 한때 사랑했던 이를 어떻게 적으로 대할 수 있을까요? 우정이 깨어졌다 해서 상대방을 모략하거나 파멸시키는 것은 쓸데없는 짓입니다. 사랑을 하고 있을 때에도, 사랑에 실패했을 때에도 그것에 대처하는 올바른 방법을 알고 있어야 합니다.

　사랑이 문제를 일으키는 또 하나의 경우는 사랑에 집착할 때입니다. 가족과 친구와의 관계를 보물처럼 소중하게 생각해야 합니다. 인연이 없었다면 가족이나 친구로 만나지 못했을 테니까요. 관계를 소중히 생각해야 하지만 그 관계에 지나치게 집착해서는 안 됩니다. 대부분의 사람들은 한 번 정도 이별의 아픔을 경험하게 됩니다. 사랑하는 사람과의 이별은 물리적인 거리에서의 이별이거나 죽음과 같은 이유로 인한 이별이건 간에 우리가 사는 동안 견뎌야 할 여덟 가지 고통 중의 하나입니다.

　대만 근대 불교의 아버지로 불리는 인순(印順) 대사는 자신이 쓴 『불교 입문』에서 "높은 자리에 앉아 명성을 얻은 자는 언제든지 추락할 위험을 갖고 있고 그 주변에 모인 사람들도 뿔뿔이 흩어질 수 있다."라고 말씀하셨습니다. 이런 치명적인 상황에 놓였을 때 대처하는 방법이 아주 중요합니다. 이런 상황은 우리의 내적, 외적인 상황과 또 다른 관계에도 영향을 미치기 때문입니다.

약 20년 전 대만 비구니계의 원로인 자장(慈莊) 스님이 주부의 길을 단념하고 출가의 길을 걷기로 결심하자 부모님께서는 출가식에 함께 참석했습니다. 부모님들은 눈물이 그렁한 채로 스님의 결심을 따뜻한 미소로 바라보았습니다. 왜 그들은 행복해하면서도 슬퍼하는 것일까요? 오늘날에 승려의 길을 걷고자 하는 젊은 스님들에게서 자주 볼 수 있는 광경이지만 그 당시에는 매우 낯선 광경이었습니다. 스님의 부모님들은 여생을 딸과 함께 보내고 싶었지만 다른 한편으로는 불법에 대한 딸의 사랑과 헌신적인 마음을 이해할 수 있었습니다. 그들의 미소는 눈물과 함께 내 기억에 커다란 인상을 남겼습니다. 그 부모님들은 소유하고 싶은 욕망을 베푸는 즐거움으로 승화시키는 힘과 이타주의와 존엄성을 갖고 이별을 대하는 태도를 몸소 보여주었습니다.

변화하고 이별하는 관계들 속에서 우리가 할 수 있는 일은 많지 않습니다. 사랑하는 사람과 얼마나 많은 시간을 보냈는가를 행복의 기준으로 삼지 않도록 다양하고 많은 관심거리를 가져야 합니다. 친구들과의 관계나 가족 간의 관계에서 변화가 생기면 마찬가지로 또 다른 새로운 관계를 만들 수 있습니다. 친분 관계를 넓게 가진다면 특정한 한 사람의 시간과 관심을 끄는 일에 그리 연연해하지 않게 될 것입니다.

마지막으로 중요한 이야기를 하나 하겠습니다. 그것은 행복은 밖에 있는 것이 아니라 내 안에 있다는 얘기입니다. 내 안에서 행복을 찾을 수 있다면 어떤 변화나 이별이 온다 해도 끝없이 만족할 수 있고 영원하지 않은 삶에 그렇게 애달파하지도 않게 됩니다. 관계에 너무 집착하다 보면 관계가 희미해지거나 사라질 때 남는 것은 고통뿐입니다.

사랑하는 사람이 죽거나 우리 곁을 영원히 떠날 때 어떤 일이 일어날까요? 경전에 나와 있는 이야기를 해보기로 하겠습니다. 부처님이 살아 계셨을 때 외아들을 데리고 사는 한 늙은 여인이 있었습니다. 그녀는 아들을 너무나 끔찍하게 사랑했고 자신이 늙으면 아들이 돌봐줄 것이라는 희망을 안고 살았습니다. 하지만 불행하게도 아들은 병이 났고 얼마 지나지 않아 죽어버렸습니다. 여인은 너무나 화가 나서 미칠 것 같았습니다. 슬픔에 빠진 여인은 아들을 살려줄지도 모른다는 희망을 안고 부처님께 갔습니다. 여인을 가엾게 생각하신 부처님께서는 "아들을 살아나게 하고 싶다면 방법이 하나 있다. 먼저 작은 겨자씨를 가져오너라. 단, 아무도 죽은 사람이 없는 집에서 그 겨자씨를 얻어와야 한다."라고 말씀하셨습니다.

아들을 살릴 수 있다는 희망에 어머니는 아무도 죽은 사람이 없는 집에서 겨자씨를 얻기 위해 이집 저집을 방문했습니다. 그러나 가는 곳마다 가족 중에서 한 사람도 죽지 않은 집은 없었습니다. 씨를 얻지 못한 여인이 부처님께 돌아가 사정을 말씀드리자 부처님께서는 조용히 설명하셨습니다. "수많은 시간 동안 인간은 나고 죽는 일을 반복해왔다. 이것은 자연의 법칙이니 네 아들의 죽음을 너무 슬퍼하지 마라." 이 말씀에 늙은 여인은 큰 깨달음을 얻었습니다.

저의 외할머니는 아주 신심이 돈독하셨고 지나치게 집착하지 않으면서도 소중한 관계를 유지하셨습니다. 할머니는 열일곱 살 때부터 채식주의를 실천하셨고 동시에 아미타불을 연호(連呼)하는 염불 수행을 시작하셨습니다. 할머니는 매우 자비로우셨고 제가 출가하기로 결심하는 데에도 많은 영향을 끼친 분입니다. 할머니는 세 아들을 두었지만 불행하게도 모두 세 살이나 네 살 정도 때 사망하였습니다. 하지만 이런 불행에 대해 한 번도 비통해하지 않으셨는데 아이를 잃은 슬픔을 느끼지 못했기 때문이 아닙니다. 외할머니는 신심이 돈독한 불교 신자였으며 세상에는 나고 죽는 일이 존재하고 우리가 뿌린 대로 거두어간다는 것을 깨닫고 계셨기 때문입니다.

손자가 태어났다는 것은 인연의 최정점이었고 그와의 이별 역시 인연에 따라 일어난 일입니다. 우리의 수명은 그리 길지 않습니다. 그러므로 사랑하는 사람을 잃는 일에 너무 연연해서는 안 됩니다. 많은 사람들은 자신의 뜻대로 일이 풀려 가면 인연의 법칙을 믿다가도 불행이 닥치면 그 법칙이 타당하지 않다고 생각합니다. 저의 외할머니는 진실로 슬픔을 관조하는 방법을 알고 계신 분이었습니다. 제가 두통과 위장 장애를 치료할 수 있었던 것도 할머니의 도움이 있었기 때문입니다.

삶이 있으면 죽음도 있게 마련이고 만남이 있으면 헤어짐도 있습니다. 관계가 지속되는 동안에는 그 관계를 소중히 생각하고 이별이 찾아오면 담담하게 보낼 줄도 알아야 합니다. 사랑이 커지는 만큼 집착

도 커져간다고 믿고 있는 사람들에게는 어려운 일입니다. 진실한 사
랑은 우리에게 인생에서 집착할 일이 아무것도 없다는 것을 알려주고,
우리가 진정한 자유를 찾는 것을 도와줍니다.

지금까지 우리는 일상적인 사랑의 다양한 형태를 살펴보았고, 건강
한 사랑과 건강하지 않은 사랑이란 어떤 것인지 또 올바른 사랑과 올
바르지 않은 사랑은 어떤 것인지 알아보았습니다. 우리가 진정한 사
랑에 대해 배운다면 사랑은 좀 더 높은 수준으로 진화하게 될 것입니다.
또한 우리의 사랑은 일상적인 사랑에서 매우 인상적이고 특별하고 영
웅적인 사랑으로 발전하게 될 것입니다.

영웅적인 사랑

왜 영웅적인 사랑은 인상적이고 특별한 것일까요? 앞 장에서 이야
기했던 일상적인 사랑과 영웅적인 사랑의 차이는 무엇일까요? 이 질
문에 대한 대답을 찾는 데 도움이 될 만한 몇 가지 이야기를 해보겠습
니다.

첫 번째 이야기는 나라를 위한 욕심 없는 사랑, 욕심 없는 애국심에
대한 이야기입니다. 대우(大禹)는 고대 중국 이야기에 나오는 위인입
니다. 그 옛날 큰 홍수가 있었고 많은 사람들이 집과 삶의 터전을 잃
게 되었습니다. 황제는 대우에게 강물의 물줄기를 다른 곳으로 돌려
서 홍수의 피해를 줄일 수 있는지 알아보라고 명했습니다. 대우는 집
을 떠나 13년 동안 그 대책에만 몰두했습니다. 그는 백성들이 더 이상

피해를 입지 않도록 하기 위해 헌신적으로 일했고, 13년 동안 겨우 세 번 집 앞을 지나치면서도 가족들을 만나기 위해 걸음을 멈춘 적이 없었습니다. 조국과 백성을 사랑하는 일 외에 자신과 자신의 가족들을 위해서는 아무것도 하지 않았습니다.

대우는 가족들을 사랑하고 그리워했지만 그만큼 백성들을 사랑했기 때문에 그들이 홍수의 피해에서 벗어나도록 준비하는 것에만 몰두했습니다. 온 마음을 다하여 백성들을 재난과 파괴로부터 보호하였고 그만큼 고통과 외로움을 참아냈기 때문에 그의 희생은 가치 있는 희생이라고 할 수 있습니다. 대우가 실천했던 나라를 위한 욕심 없는 사랑이 바로 영웅적인 사랑의 좋은 예입니다.

고대 중국 초나라에 굴원(屈原)이라는 사람이 있었습니다. 굴원은 초나라 회왕(懷王)이 신임하는 아주 충성스러운 신하였습니다. 하지만 굴원 때문에 자신들의 위치가 불안하다고 생각한 간신들이 그를 모함하였고, 불행하게도 나중에는 왕마저 간신들의 말에 귀를 기울이게 되어 굴원은 먼 곳으로 귀양가게 되었습니다. 하지만 굴원은 여전히 왕에게 충성을 보였고 초나라가 그런 간신들 손에 놀아나지 않을 것이라는 희망을 품고 있었습니다. 간신들의 계략에 합세하느니 차라리 애국자로서 죽기를 바랐던 굴원은 후에 회왕이 조정에 합세하지 않으려면 죽음을 택하라고 명령하자 스스로 멱라수(중국 후난 성에 위치한 강)에 몸을 던졌습니다.

후에 자신의 잘못을 깨달은 회왕은 굴원의 시신을 찾으라고 명령했습니다. 사람들은 배를 타고 강을 돌면서 고기들이 시신을 물어뜯지 못하도록 북을 치며 큰 소리를 냈습니다. 굴원은 많은 편지글을 남겼는데 그 글을 통해 우리는 조국에 대한 변함없는 사랑을 읽을 수 있습니다. 그는 자신의 나라가 멸망해가는 것을 그저 바라만 보느니 차라리 스스로 목숨을 끊기로 마음먹었던 것입니다. 욕심 없는 애국심을 보여주는 또 하나의 이야기라고 할 수 있습니다.

송나라 말기에 중국은 북송과 남송으로 나뉘어졌습니다. 송나라 시인 육방옹(陸放翁, 육유(陸遊)로 더 알려진 남송 시대의 애국 시인—옮긴이 주)은 죽음을 앞두고 아들에게 이렇게 말했습니다. "나는 이제 죽을 것이니 이 세상은 무상한 것임을 알고 가느니라. 하지만 구주의 통일을 보지 못하고 죽으니 그것이 애통하구나. 송의 군대가 남쪽을 되찾게 되면 잊지 말고 내게 소원이 이루어졌음을 알려야 한다."

위의 세 가지 이야기는 몇몇 사람들의 애국심에 대한 이야기입니다. 이런 사랑은 한 개인의 가정에 대한 애정 그 이상의 것이고, 때로는 불요불굴의 의지를 지닌 희생을 보여주기도 합니다. 영웅적인 사랑에는 타인의 평화와 행복을 위해서 개인의 희생은 기꺼이 감수하겠다는 마음이 필요하고, 심지어 다른 사람들을 위해 목숨까지도 바치겠다는 의지가 있어야 합니다.

일상적인 사랑과 영웅적인 사랑의 차이를 보여주기 위한 두 번째 이야기는 타인을 위한 이기심 없는 사랑에 관한 것입니다.

옛날에 마하나마(Mahanama)라는 부처님의 사촌 동생이 있었는데 그는 가비라위 성을 다스리고 있었습니다. 어느 날 적의 공격으로 도시가 함락될 위기에 몰리게 되자 마하나마는 상대편 왕에게 사정했습니다.

"내 백성들을 죽이지 말아주시오. 하지만 만약 당신이 자비를 베풀 마음이 없다면 내가 강에 뛰어들 테니 나의 시체가 떠오른 다음에는 당신의 뜻대로 하시오."

상대편 왕은 잔인무도한 비루다카(Virudhaka)였습니다. 그는 마하나마와 그의 백성들이 더 이상 도망갈 곳이 없으니 마하나마의 소원대로 기다리겠다고 대답하였습니다.

말이 끝나자마자 마하나마는 강에 뛰어들어 모습을 감추었습니다. 하지만 아무리 기다려도 그의 시체는 떠오르지 않았습니다. 기다리다 못한 비루다카가 사람들을 시켜 강바닥을 수색해보니 마하나마는 나무뿌리에 머리카락을 묶은 채 죽어 있었습니다. 자신의 목숨을 던짐으로써 그의 백성들이 도망갈 시간을 벌 수 있도록 하기 위해서였습니다. 이렇게 자신의 목숨을 희생하여 다른 사람의 목숨을 구하려는 의지는 두려움 없는 사랑으로 나타납니다. 이것은 정말 특별한 사랑이라 할 수 있습니다.

일상적인 사랑과 영웅적인 사랑의 차이를 보여주기 위한 세 번째 이야기는 불법을 향한 이기심 없는 사랑에 관한 것입니다.

중국 불교에 관심이 있는 사람이라면 현장(玄奘) 법사라는 이름을 들어봤을 것입니다. 현장 법사는 '중국 불교계의 공자(孔子)'로 불립니다. 현장 법사는 불교 공부를 위해 인도까지 갔다가 불경을 가지고 돌아왔다고 알려져 있습니다. 불교를 배우기 위해 800마일이 넘는 사막을 지나야 했던 현장 법사는 어느 날 실수로 가지고 있던 물을 모두 엎질러버렸습니다. 사막을 물 없이 건넌다는 것은 불가능한 일이었으므로 대단히 심각한 상황이 벌어진 것입니다. 작열하는 태양 아래서 갈증에 시달리던 현장 법사는 "살기 위해 동쪽으로 한 걸음을 물러서느니 차라리 서쪽으로 한 걸음 더 가다가 죽기를 원하옵니다."라는 유명한 말을 남겼습니다. 진리에 대한 이런 열정은 좀처럼 보기 힘든 사랑의 한 형태입니다.

일본 사람들의 의식주를 살펴보면 중국의 영향을 강하게 받았음을 알 수 있습니다. 누가 가장 먼저 중국의 문화를 일본에게 전했을까요? 바로 당나라의 감진(鑑眞) 대사입니다. 대사는 제가 자란 양저우[揚洲, 중국 장쑤 성 중앙에 위치한 도시] 출신의 위인들 중 한 분입니다. 일본에 부처님의 법을 전하고자 하는 꿈을 이루기 위해 대사는 20년 동안 일곱 번의 시도를 했습니다. 한 번은 대신들의 반대로 실패했고 또 한 번은 강도를 만나 실패로 끝났습니다. 다시 한 번 일본에 건너가려고 했으나 이번에는 궂은 날씨로 인해 뱃길이 험난하여 좌절되었습니다. 심지어 제자들에게 배신을 당한 적도 있었습니다.

여섯 번의 어려운 시도 끝에 마침내 60세의 나이로 일본 땅을 밟게 되었을 때 대사는 두 눈을 실명한 상태였습니다. 하지만 이런 모든 난관을 겪으면서도 일본에 부처님의 말씀을 전하겠다는 감진 대사의 결심은 전혀 흔들리지 않았습니다. 스님은 자신의 경험에 대해 이렇게 말했습니다. "위대한 임무를 수행하는 데 인생의 어려움 따위가 무엇이란 말인가?" 감진 대사는 주저 없이 부처님의 말씀을 전파하는 일에 자신의 목숨을 내놓았습니다. 모든 사람들에게 진리를 전하고자 하는 대사의 자비로운 행동은 타인을 위한 특별한 사랑이 어떤 것인지 잘 보여주고 있습니다.

당나라 시대에 종간(從諫)이라는 고승이 있었습니다. 그는 난양[南陽] 출신으로 결혼을 하고 아들을 둔 중년의 나이에 출가를 하였습니다. 출가한 지 20년 동안 종간 대사는 한 번도 집에 들르지 않았습니다. 어느 날 절에서 일을 하고 있는데 한 젊은이가 다가와 종간 대사를 만나러 왔다고 하였습니다. 대사는 놀라서 그 젊은이에게 도대체 누구이기에 그를 찾느냐고 되물었습니다.

젊은 청년은 "그 스님은 저희 아버님이십니다. 저는 20년 동안 아버지를 한 번도 뵙지 못하여 이제 아버지를 만나러 왔습니다."라고 대답하였습니다.

대사는 마당 저쪽을 가리키며 그곳에 가면 아버지를 만날 수 있을 거라고 말하였습니다. 젊은이는 스님이 가리킨 곳으로 가보았지만 아무도 만날 수 없었습니다. 젊은이는 자신과 대화한 사람이 바로 아버지였다는 것을 깨달았지만 스님은 이미 자취도 없이 사라진 뒤였습니다.

벌어진 일만 보고 생각한다면 스님은 참말로 차갑고 냉정한 사람으로 여겨집니다. 하지만 사실은 자기 아들에 대한 사랑 때문에 모든 중생을 위해 불법을 수행하겠다는 자신의 결심이 흔들릴까봐 두려워서 차마 아들을 아는 척 할 수 없었던 것입니다. 아들을 진심으로 사랑했지만 스님의 사랑은 눈으로 확인할 수 있는 통념적인 사랑이 아니었습니다.

유명한 홍일(弘一) 대사(근세 중국 불교계의 고승―옮긴이 주) 역시 출가 전에 결혼을 한 몸이었는데 부인이 찾아와도 절대 만나주지 않았습니다. 하지만 이런 이유로 스님을 무정한 사람이라고 할 수는 없습니다. 오히려 가장 자비로운 분이라고 할 수 있습니다. 자신의 사랑을 가족에게만 한정하지 않고 모든 중생에게 베풀었기 때문입니다. 도움이 필요한 사람들에게 자신을 바쳤고 불법을 가르쳐 온 세상에 친근함을 만들어 많은 사람들에게 희망과 올바른 삶의 방향을 제시해주었습니다. 불법을 널리 알리려는 스님의 헌신적인 노력은 끝이 없는 것이었으며, 결코 애정 없는 사람이 되겠다는 마음은 아니었습니다.

비록 승가에서는 속가의 사람들보다 관계에 대해 덜 집착하긴 하지만 그렇다고 해서 출가자들이 관계에 대해 진지하지 않다는 의미는 아닙니다. 절에 가보면 이런 집착하지 않는 관계에 대해 설명해놓은 두 줄의 시를 흔히 볼 수 있습니다.

절의 음식과 차가 소박하다고 탓하지 말라
승가의 정과 속세의 정이 어찌 같을 수 있는가

수행자들은 자신들의 가장 주요한 관심거리인 깨달음에 자신의 생애를 바친 사람들입니다. 이런 이유로 때때로 타인들과의 관계를 포함한 세속적인 일에 어느 정도 거리를 유지하여 자신들의 영적인 수행에 방해를 받지 않으려 하는 것입니다.

출가자들과 그의 가족들과의 관계에 대해서는 사원마다 각각 조금씩 다른 규칙을 가지고 있습니다. 불광산사에서는 출가하고자 하는 사람이 있으면 먼저 가족들의 동의를 얻어올 것을 규칙으로 하고 있습니다. 출가 후에도 가족들과 왕래할 수 있습니다. 불광산사의 추정 스님은 열한 명의 형제가 있었는데 어머니가 병이 들어 사경을 헤매고 있었을 때 어머니의 마지막을 지킨 자식이었습니다. 그러므로 비록 출가자들이 일반적인 방법으로 가족들에 대한 사랑을 드러내지 않는다고 해서 그들이 재가 신자보다 가족을 덜 사랑하는 것은 아닙니다.

사랑을 할 때 그 사랑이 좁게 한정되거나 감정에 마이지 않도록 조심해야 합니다. 사랑은 상대방에게 수갑을 채우지 않는 무한한 자유를 제공해야 합니다. 부처님께서는 사랑을 하되 속박하지 않아야 하고 우리의 좋은 감정을 모든 중생에게도 나누어주어야 한다고 말씀하셨습니다.

일상적인 사랑과 영웅적인 사랑의 차이를 보여주기 위한 네 번째 이야기는 부모님에 대한 지극한 사랑에 관한 것입니다.

부처님의 제자인 목련존자(目蓮尊者)는 효성이 아주 지극한 아들이었습니다. 어머니가 돌아가시자 그는 초자연적인 힘을 사용하여 어머니가 지옥에서 고통 받고 계시다는 것을 알게 되었습니다. 어머니에 대한 사랑이 지극했던 목련존자는 주저 없이 지옥으로 내려가 어머니와 함께 고통을 나누려 하였습니다. 어머니에 대한 그의 효심에 감동한 부처님께서 모든 승려들이 힘을 합해 노력한다면 목련존자의 어머니뿐만 아니라 다른 사람까지도 고통에서 해방될 수 있을 거라고 말씀하셨습니다. 이것이 우란분절(盂蘭盆節)의 시작입니다. 이렇게 해서 목련존자의 어머니를 구할 수 있었고 다른 사람들도 죽은 친척이나 지인들을 지옥의 고통에서 해방시킬 수 있었습니다. 이런 가족들 간의 헌신적인 모습은 특별한 사랑의 한 형태를 보여준다고 할 수 있습니다.

북쪽 기 나라의 도지 선사도 마찬가지로 헌신적인 아들이었습니다. 그는 부처님의 말씀을 전하기 위해 전국을 다녔는데 대나무 막대기에 바구니를 매달아서 그의 어머니를 태우고 다녔습니다. 다른 사람이 도와주겠다고 나서도 그는 공손하게 "이분은 저를 낳고 키워주신 저의 어머니십니다. 마땅히 제가 돌보아야 합니다."라고 말하며 사양하였습니다.

당나라 시대의 진존숙(陳尊宿, 노모를 봉양하기 위해 고향인 목주로 거처를 옮겨 밤을 지새우며 삼은 짚신을 팔아 어머니를 모셨던 중국의 고승—옮긴이 주) 역시 훌륭한 선사일 뿐 아니라 효심이 지극하고 인정 많은 아들이기도 했습니다. 부모에 대한 지극하고 이타적인 사랑에 대한 사례는 너무나 많습니다. 부모님에 대한 효심과 섬기는 마음에서 우러난 사랑은 진실하고 순수한 감정의 한 형태이고 또한 특별한 사랑이 무엇인지를 보여주고 있습니다.

다음에 나오는 이야기들은 과거 스승들이 그들의 제자와 따르는 사람들을 얼마나 사랑했는지를 알려주고 있습니다. 제자들을 가르치고 훈련시키기 위해 스승들은 여러 가지 방법과 가능한 한 모든 기회를 사용했습니다. 사제지간에서 무의미하고 시간 낭비인 것처럼 보이는 훈련 방법들이 실제로는 제자에게 지혜와 인내심을 갖게 하고 실력을 키우게 하는 자비롭고 지적인 방법일 때가 있습니다. 만약 훈련 방법일지라도 스승이 몰인정하고 악의에 찬 마음으로 제자에게 명령한다면 아마도 그 방법은 받아들여지지 않을 것입니다. 그러나 제자의 성장과 수양을 위해 노력하는 많은 스승들은 극단적인 방법을 사용합니다. 이런 사랑과 헌신으로 이어진 사제지간의 정은 영원합니다.

『논어(論語)』에 보면 제자 안회(顔回)가 죽었을 때 공자가 얼마나 마음 아파했는지에 대한 이야기가 나옵니다. 공자는 하늘이 무너진 것 같다는 말을 몇 번이나 반복하면서 비탄에 빠졌습니다. 공자가 흘린 눈물은 제자에 대한 마음을 충분히 설명하고 있습니다. 그는 커다란 잠재력을 가진 제자를 일찍 잃은 것에 대한 슬픔에 빠져 있었습니다. 자비롭고 기억할 만한 사랑이라고 할 수 있습니다.

밀라레파(티베트 불교의 승려이며 카규파 시조인 마르파의 제자—옮긴이 주) 이야기도 영웅적인 사랑의 또 다른 예를 보여주고 있습니다. 밀라레파가 스승을 찾아 멀리 유랑할 때의 이야기입니다. 수많은 고생을 하며 헤맨 끝에 마르파라는 스승을 만나 제자가 되기를 간청하였습니다. 마르파는 그에게 물었습니다.

"너는 나의 제자가 되기를 원하고 있다. 너에게 묻노니 네가 나에게 무엇을 해줄 수 있느냐?"

밀라레파는 스승 앞에 엎드려 "제 몸과 마음과 뜻을 바치겠습니다."라고 대답하였고 이 말을 들은 스승은 그를 제자로 받아들였습니다. 어느 날 마르파가 "너는 젊고 튼튼하니 내가 경전을 보관해둘 수 있도록 돌집을 짓도록 하여라. 돌집이 완성되면 내 너에게 불법을 일러주겠노라."라고 말하였습니다.

밀라레파는 너무나 기뻐하며 스승에게 돌집을 어떻게 지어야할지 알려달라고 물었습니다. 스승은 "산의 동쪽 절벽 위에 원형으로 된 집을 지어라. 산으로 오르는 길은 가파르고 위험하지만 열심히 일한다면 너의 나쁜 업을 씻어낼 수 있을 것이다."라고 말하였습니다.

밀라레파는 날마다 열심히 일했습니다. 집이 반쯤 지어졌을 때 스승이 올라왔습니다. 스승은 입고 있던 망토를 벗어서 몇 번 접은 다음 바닥에 펼쳐놓고 밀라레파에게 말했습니다. "여기는 장소가 마땅치 않은 것 같구나. 서쪽 끝까지 가서 그곳에 집을 다시 짓도록 하여라. 그리고 여기 이 옷의 모양처럼 짓도록 하여라."

밀라레파는 너무나 실망하여 말을 잃었지만 스승의 말을 따를 수밖에 없었습니다. 밀라레파가 새로운 집을 반쯤 지었을 때 스승이 다시 산에 올라와서는 "여전히 집이 마음에 들지 않으니 모든 자재를 그대로 북쪽 끝으로 옮겨 그곳에 다시 지어야겠다. 이번에는 내가 진정한 수행자임을 드러낼 수 있도록 삼각뿔 모양의 집을 짓도록 하여라."라고 말하였습니다.

밀라레파는 다시 스승의 말을 따랐습니다. 눈이 오나 비가 오나 쉬지 않고 집짓기를 계속했습니다. 집이 3분의 1쯤 완성되었을 때 마르파가 다시 올라와서 "누가 너에게 집을 지으라고 했느냐?"라고 물었습니다.

짜증스러워진 밀라레파는 스승님께서 집을 지으라고 말씀하시지 않으셨냐고 되물었습니다. 그러자 스승은 어리둥절한 표정으로 그를 쳐다보다가 머리를 후려치며 말하였습니다.

"이런! 나는 이런 집을 지으라고 말한 기억이 없다. 이런 곳에 내가 사이비 종교 집단의 제단처럼 보이는 삼각뿔 모양의 집을 지으라고 할 턱이 없지 않느냐? 네가 나를 모함하려고 일부로 그러는 것이구나. 어서 떠나거라. 어서! 나는 남쪽 끝에 사각형의 집을 지으라고 말했었다. 9층으로 집을 짓고 옥상에는 또 한 채의 집을 지어 총 10층짜리 집을 원한다고 말을 하지 않았느냐. 그 일이 끝나면 너에게 불법을 일러주려 했건만."

이런 몇 마디 말과 함께 밀라레파의 노력은 수포로 돌아갔습니다. 이런 식으로 건물을 지었다 헐었다를 반복하며 몇 달이 흐르고 몇 년이 흘러갔습니다. 밀라레파는 정신적으로 육체적으로 지쳤습니다. 밀라레파를 따르는 추종자들은 그가 홀로 고생하는 것을 보다 못해 자재를 옮기는 일이라도 돕겠다고 나섰습니다. 그러나 이를 안 마르파는 화가 나서 밀라레파를 심하게 꾸짖었습니다.

"나는 너에게 집을 지으라고 명령했다. 언제 다른 사람에게 도움을 청해도 좋다고 하였느냐? 왜 그렇게 게으른 것이냐?"

스승은 단지 밀라레파를 꾸짖는 것뿐만 아니라 어떤 가르침도 함께 주고 있었습니다. 더 이상 고통을 견딜 수 없었던 밀라레파는 소리 죽여 울고 말았습니다. 그러나 스승은 제자를 달래기는커녕 계속해서 질책하였습니다.

"왜 우느냐? 네가 처음 나를 찾아와 제자가 되겠다고 했을 때 너의 몸과 마음과 뜻을 내게 바치겠다고 하지 않았느냐? 나는 단지 내 몸을 때리는 것이고 나에게 소리치는 것인데 네가 울 이유가 무엇이냐?"

밀라레파가 견뎌내야 했던 시련은 우리의 상상을 초월하는 정도였지만 그는 묵묵히 수많은 시련을 받아들였습니다. 몇 년이 지나 밀라레파는 깨달음을 얻고 아라한(阿羅漢)의 경지에 오르게 되었습니다. 그가 깨달음을 얻던 그날 밤 스승은 제자를 안아주며 감격에 겨워 말하였습니다.

"내가 너를 처음 보았을 때 이미 너는 커다란 잠재력을 가진 보기 드문 사람이라는 것을 알았다. 그렇기 때문에 너에게 혹독한 시련을 주었고 너는 빠르게 깨달음을 얻을 수 있었던 것이다. 너를 질책하고 매를 들고 노골적으로 터무니없는 것을 요구하면서 나의 마음도 매우 안타까웠느니. 그러나 무엇이 너에게 공부가 되고 너의 미래에 도움이 될 것인가를 생각하면서 나는 고통스러운 마음을 감추고 계속 질책할 수밖에 없었구나."

겉으로 보기엔 말도 안 되는 것처럼 보였던 일들이 사실은 제자에 대한 스승의 사랑의 표현이었던 것입니다. 특히 오늘날 기준으로 볼 때 학생을 이런 식으로 가르친다는 것이 충격적이고 용납할 수 없는 일처럼 여겨질 것입니다. 하지만 이 시절의 사제지간에는 당연하게 받아들여졌던 일이고 학생들에게서 최고의 관심을 이끌어 낼 수 있는 일이기도 했습니다. 제자를 압도하거나 창피하게 만들려는 의도가 전혀 아닙니다. 그것은 상징과 직접적인 경험을 통해 웅대한 뜻을 품은 자를 가르치는 방법입니다.

오래 전 젊은 나이로 제가 승려의 길에 들어섰을 때 나는 비슷한 방법의 가르침을 받을 수 있는 행운을 얻었습니다. 구즉계(具足戒)를 받는 날 승려들이 모두 법당에 모여 있었고 수계사(授戒師) 스님들은 일렬로 앉아 계셨습니다. 그중 한 스님이 우리들에게 단호하게 말씀하신 것이 기억납니다.

"지금 여러분은 구족계를 받기 위해 이곳에 모였습니다. 여러분 자신이 원해서 이곳에 왔습니까? 아니면 여러분의 스승이 원해서 이곳에 왔습니까?"

몇몇은 즉각 자신이 원해서 승려가 되려는 것이고 그렇기 때문에 이곳에 왔다고 대답했습니다.

대답을 들은 수계사 스님은 등나무로 된 지팡이를 들고 대답한 학생들을 때리기 시작했습니다.

"어찌 네 스승에게 묻지도 않고 이곳에 왔단 말이냐?"

이 광경을 목격한 학생들은 꾀를 내기 시작했습니다.

"제발 제 말을 들어주세요. 저는 은사님께서 가라고 하셔서 이곳에 왔습니다."

그는 자신이 아주 현명한 대답을 했다고 생각했지만 여전히 충분한 대답은 아니었습니다. 수계사 스님은 그를 때리며 "만일 네 스승이 그렇게 말하지 않았다면 이곳에 오지 않았을 거란 뜻이냐?"라고 말하였습니다.

이런 모습들이 처음에는 충격적이기도 하고 혼란스럽기도 했지만 우리는 수계사 스님이 우리에게 무엇인가를 가르쳐주고 있다는 것을 깨닫게 되었습니다. 우리는 구족계를 반드시 받아야 하는가? 수행자의 길을 가겠다는 서약을 혼자서는 할 수 없었던가?

다음 차례가 되었습니다. 그 스님은 앞의 두 사람과 똑같은 질문을 했습니다. 이미 두 번의 경험을 치른 우리는 질문을 좀 더 이해할 수 있게 되었다고 생각했습니다. 한 사람이 이렇게 대답했습니다.

"제 스승께서 구족계를 받으라고 말씀하시기는 했지만 저 역시 마음속으로 간절히 원했기 때문에 이곳에 왔습니다."

그는 자신의 대답이 옳은 대답일 것이라고 생각했고 앞의 두 학생처럼 벌을 받을 거라는 생각은 전혀 하지 않았습니다. 하지만 그의 대답 역시 틀린 대답이었고 벌을 내린 수계사는 "너는 단지 꾀를 부린 것에 지나지 않는다."라고 말하였습니다.

다음은 또 다른 수계사가 질문하였습니다. 이번 질문은 앞의 것과는 완전히 다른 질문이었습니다. 수계사 스님은 "너희들은 죽이겠다는 마음으로 폭력을 행사한 적이 있느냐?"라고 물었습니다. 죽인다는 것은 매우 심각한 범죄이므로 우리는 일제히 머리를 흔들며 "한 번도 그런 행동을 한 적이 없습니다."라고 대답했습니다.

스님은 "그럴 리가 없다! 너희들은 한 번도 파리를 잡거나 개미를 밟은 적이 없다는 말이냐? 너희들이 한 번도 그런 적이 없다는 것은 거짓말이다."라고 말하며 우리들을 몇 대씩 때렸습니다. 우리는 모두 스님의 말씀에 공감했습니다. 우리는 진실을 말하지 않았으므로 마땅히 벌을 받고 있었습니다. 그 다음 또 다른 수계사가 똑같은 질문을 던졌고 이번에는 모두 "네, 저희들은 그런 적이 있습니다."라고 대답하였습니다.

"죄를 지었으니 벌을 받아야지."라고 하면서 그 수계사는 죽비로 우리를 몇 대씩 때렸습니다. 시간이 흐르면서 우리는 아무런 대답도 할 수 없었고 마침내 자포자기의 심정으로 "스승님, 우리에게 벌을 내릴 생각이시면 그냥 때리십시오."라고 말하였습니다.

다시 말하지만 겉으로만 본다면 이런 가르침은 우스꽝스럽고 비합리적인 방법처럼 보입니다. 하지만 뒤집어서 생각해보면 은사 스님들은 고의적으로 비합리적인 방법을 사용해 우리가 갖고 있는 합리적인 지성을 버리게 할 목적으로 그런 질문을 했던 것입니다. 그리고 감정을 다루는 법을 알려주기 위해 우리의 감정을 무시하는 방법을 택했던 것입니다.

만일 그런 거친 방법을 견디지 못하고 뛰쳐나갔다면 과연 우리가 모든 상황을 좀 더 유연하고 열린 마음으로 대하는 방법을 배울 수 있었을까요? 이런 과격한 가르침은 사람들이 오래도록 갖고 있던 망상을 내던져야 비로소 불법을 깨달을 수 있다는 것을 보여주기 위한 방편입니다. 우리의 스승님들이 그렇게 무자비할 수 있었던 것은 자비로운 마음을 갖고 있었기 때문입니다. 돌이켜 생각해보면 그렇게 유서 깊은 절에서 공부할 수 있는 기회를 얻었다는 것이 행운이라고 여겨집니다. 비구가 되기까지의 과정은 너무나 힘들고 고통스러웠지만 고통을 겪지 않고 어찌 큰 것을 얻을 수 있겠습니까? 엄격한 수행 과정은 축복이었습니다.

요즘의 젊은이들을 보면서 저는 안타까움을 느낍니다. 그들에게는 그런 훈련을 받을 기회가 없었기 때문입니다. 오늘날의 교육은 젊은이들에게 강한 정신력과 인내력을 길러주지 못하고 있습니다. 자비로운 마음과 특별한 사랑이 바탕이 된 이런 훈련은 스승들이 자신의 제자들에게 미래의 위대한 뜻을 이룰 수 있도록 준비해주는 것과 같습니다. 사제지간의 신성한 관계는 특별한 종류의 친근함이라고 할 수 있습니다. 이것은 균형이 맞지 않는 듯 보이지만 가장 깊고 소중한 관계 중의 하나입니다.

우리가 이번 장에서 이야기했던 영웅적인 사랑이란 수많은 사랑의 종류 중에 하나입니다. 가까운 친구나 친지들에 대한 사랑을 지역 사회의 구성원들에 대한 사랑으로 확장하고 나아가서는 모든 중생들에게까지 확대시킨다면 우리의 사랑은 더욱 깊고 넓고 구한대로 커져가게 될 것입니다. 이렇게 해서 처음에는 작은 사랑이었던 것이 영웅적인 사랑이 되고 더 나아가 깨달음의 사랑 그리고 아무것도 꺼리지 않고 사랑할 수 있는 자연스럽고 무한한 사랑으로 변해가게 될 것입니다. 우리는 모두 사랑할 수 있고 사랑받을 수 있습니다. 이 진실을 발견하는 것이 우리의 과제입니다.

깨달음의 사랑

지장보살(地藏菩薩)에 대한 이야기는 많은 사람들이 잘 알고 있는 이야기입니다. 지장보살은 보살이 되기 전 안후이[安徽] 성에 있는 주화산[九華山]에서 수행을 하였습니다. 이곳은 매우 가파른 곳이어서 사람도 거의 살지 않았습니다. 그 때 한 소년이 지장보살과 함께 살았습니다. 어느 날 외로움을 견디다 못한 소년은 절을 떠나 마을로 돌아가겠으니 허락해 달라고 하였습니다. 지장보살은 소년을 데리고 산으로 내려가면서 헤어지는 기념으로 시(詩)를 하나 들려주었습니다. 그 시에 담긴 마음은 우리에게 보살의 사랑이 얼마나 초월적인 것인가를 알게 해줍니다.

적막한 산사, 닫힌 문 안에서 가족을 그리워하네

이제 산을 내려가면 구름 속에 가려진 저곳과 이별을 해야 하나니

너는 이 황금의 나라에서 금모래를 만지는 것보다
대나무 울타리 안에서 대나무 말 타는 것을 더 좋아하는구나

병 속의 물을 보고 달을 잡으려 하지 말고
연못에서 그릇을 씻으며 꽃을 따려하지 말아라

가거라, 가서 나를 위한 눈물을 흘리지 마라
이 늙은이는 하늘에 떠 있는 구름으로 친구를 삼을 테니

첫 번째 연에서는 소년에 대한 지장보살의 마음을 읽을 수 있습니다. 소년이 조용한 산사에서 얼마나 외로워했는지 또 그가 마을에 있는 집으로 돌아가기를 원했던 그 가슴 아픈 사정을 지장보살은 잘 알고 있었던 것입니다. 두 번째 연에서는 소년의 마음을 충분히 이해하는 지장보살이 절을 떠남으로써 소년이 포기할 수밖에 없는 것들에 대해 경고해주고 있습니다. 그는 멀리 떨어진 산사에서 수행에 힘쓰기보다는 대나무 말을 타고 놀고 싶어 하는 어린 소년의 소망을 이해하였습니다.

세 번째 연에는 소년에게 주는 당부의 말이 담겨 있습니다. 물을 뜨러 갔을 때 강물에 비친 달을 보게 되면 그것이 달의 그림자인 것을

알아서 강물에 비친 달을 잡으려는 우를 범하지 말라고 하면서 세상 일이 그처럼 환영에 지나지 않음을 암시하고 있습니다. 또 연못에서 그릇을 닦을 때 물에 비친 나무와 꽃의 그림자를 보고 진실로 나무와 꽃이 피어 있다고 생각하는 실수를 저지르지 말라고 말하고 있습니다.

네 번째 연에서 지장보살은 집으로 돌아가면 자신을 생각하고 눈물을 흘리지 말라고 하면서 소년을 안심시켜 산사를 떠나는 것에 대해 죄의식을 갖지 않도록 배려하고 있습니다.

지장보살은 산중의 고요한 암자에서 홀로 지냈지만 떠다니는 구름이나 흘러가는 안개를 친구 삼을 수 있었습니다. 뛰어난 시어를 골라 그 의미를 충분히 담았고 각각의 시어는 깨달음을 얻은 사랑을 운율에 맞게 잘 표현하고 있습니다.

이 이야기에서 우리는 중생에 대한 보살과 아라한의 사랑을 알 수 있습니다. 어린 소년에 대한 지장보살의 마음은 아주 다양합니다. 소년의 감정을 느끼고 그에게 길을 일러주고 마음까지 편하게 해줄 수 있는 방법을 알고 있습니다. 아무것도 기대하지 않고 소년에게 모든 배려를 아끼지 않고 있습니다.

보살이 자신의 사랑과 자비심을 베풀 때에는 보답을 기대하지도 않고 서로 무엇인가를 주고받아야 한다는 생각도 하지 않습니다. 하지만 불행하게도 많은 사람들은 자신을 극복하고 대가 없는 사랑을 하는 방법이 무엇인지 모른 채 그저 자신에게 돌아올 것을 기대하며 다른 사람을 사랑합니다. 이런 사랑은 순수하지 못하고 의도가 숨어 있는 사랑이고, 사람들을 완전한 자유로 이끌기보다는 억누르고 구속하는 사랑입니다.

보살의 사랑은 일반 사람들은 따라하지 못할 사랑처럼 보이지만 사실 누구나 할 수 있는 사랑입니다. 보통 사람들의 사랑은 자신이 좋아하는 사람에게만 베푸는 사랑이고 좋아하지 않는 사람과는 의도적으로 거리를 두려는 사랑입니다. 하지만 차별과 이중성을 초월하여 진정한 깨달음을 얻은 보살의 사랑은 다릅니다. 보살에게는 거부한다거나 차별한다는 것이 더 이상 존재하지 않습니다. 보살은 모든 사람을 자연 그대로의 모습으로 조건 없이 사랑합니다.

여전히 차별이라는 덫에 걸려 있는 우리들은 첫인상만으로 상대방에게 호감을 표시할지 말지를 결정합니다. 친밀한 사람들과는 한 시간이라도 대화할 수 있지만 공감대가 별로 없는 사람들과는 아주 짧은 대화에서도 '어색한 침묵'이 흐를 수 있습니다. 이런 경우 좋은 의도를 갖고 있다고 하더라도 오해가 생길 수 있습니다. 좋아하는 사람에게는 쉽게 호감이 가고 친절하게 대하게 되지만 부처님께서는 이미 "무연자비(無緣慈悲, 상대 여하를 불문하고 조건 없이 일체 중생을 평등하게 구제하는 대자비심—옮긴이 주)를 베풀고 나와 남이 둘이 아니고 하나임을 알아야 한다."라고 말씀하셨습니다.

진정한 친근함이란 좋아하는 사람과 좋아하지 않는 사람을 차별하는 것이 아니라 모든 존재를 깊은 관계 속으로 이끄는 것입니다. 자신의 사랑을 단지 가족과 친구의 범위로만 한정하지 않고 모든 이들을 끌어안는 사랑으로 확대시킨다면 친근함이 갖고 있는 커다란 힘이 발휘됩니다. 차별 없이 항상 모든 존재들의 기도를 들어주시는 부처님을 우리의 모범으로 삼을 수 있습니다. 진정한 자비심이란 차별을 두지 않고 보살 정신에 의해 적에게도, 친구에게도 똑같이 친절한 마음으로 대하는 것을 말합니다.

당나라 도지 스님은 기주 성에 있는 절의 주지로 있으면서 나환자들에게 절을 개방하였는데 그들 중 많은 사람들이 상처가 아직 아물지 않아 감염의 위험을 안고 있었습니다. 하지만 스님은 그들의 상태를 혐오스러워하지 않았고 오히려 함께 지내고 식사도 같이 하였습니다. 상처에 약을 발라주거나 목욕하는 것을 도와주기도 하였습니다. 몇몇 제자들이 핑계거리를 대며 스님을 환자들로부터 떼어 놓으려 하였습니다. 마침내 제자들이 "스님께서는 매일 매일 나환자들을 돌보면서 지내고 계십니다. 병에 옮을까 걱정이 되지 않으십니까?"라고 물었습니다.

스님은 웃으면서 이렇게 말하였습니다. "우리가 더럽거나 깨끗하다고 하는 것은 우리 마음속에 차별이 있기 때문이다. 마음속에 좋고 싫은 것에 대한 구별이 없다면 혐오스럽다는 생각이 어찌 일어나겠느냐? 우리의 마음이 깨끗하면 모든 것이 깨끗한 것이다. 나 같은 수행자가 이런 작은 의심을 하고 자비로운 마음을 일으키지 못한다면 불법에 따라 살지 못하는 것을 부끄러워해야 한다."

이것이 바로 아라한과 보살의 사랑입니다. 그들의 자비와 사랑은 가족이나 친구 또는 대중적 평판이 좋은 사람들만을 위한 것이 아닙니다. 알지 못하는 사람들을 찾아다니고 버림받은 자들을 사랑합니다. 그들이 호흡할 때마다 친근함이 함께 하고 그들의 행동 하나하나는 사랑이 무엇인지를 보여주고 있습니다. 그들은 모든 것을 수용하고 차별 없이 자비를 베풀고 자기 자신과 다른 사람들이 근본적으로 같다는 것을 알고 있습니다. 이것은 진실로 나와 남이 둘이 아니라 하나라는 생각에서 나오는 자비심입니다.

또 다른 재미있는 일화를 소개하고자 합니다. 마하가섭(摩訶迦葉)은 부처님의 위대한 제자 중 한 사람이며 아라한입니다. 마하가섭은 유복한 가정에서 자랐는데 그의 부모님은 아들이 결혼하기를 바랐습니다. 마하가섭은 자신의 삶을 불교 수행에 헌신하고 싶었으므로 결혼에는 전혀 뜻이 없었습니다. 거듭되는 부모님들의 간청에 그도 다른 도리가 없었습니다. 결혼식을 미루기 위해 그는 금 세공인에게 가서 황금으로 된 아름다운 여인의 조각상을 만들어줄 것을 부탁했습니다. 조각상이 완성되자 마하가섭은 부모님께 동상을 보여주면서 이 조각상만큼 아름다운 여인이 나타나면 결혼을 하겠다고 말했습니다. 아들을 결혼시키기 위해 마하가섭의 말을 들어줄 수밖에 없었던 그의 부모는 신하들을 시켜 조각상을 들고 온 나라를 뒤져서 똑같이 아름다운 아가씨를 찾아오라고 명령했습니다.

신하들은 먼저 황금 조각상이 데바(Deva) 신과 너무 닮아서 조각상에 경배를 드리면 복을 받을 것이라는 소문을 퍼트려 온 나라의 처녀들을 한곳에 모이게 했습니다. 조각상에 경배를 드려야 할 것 같은 생각이 든 처녀들이 전국 방방곡곡에서 모여들었습니다. 그 처녀들 중에 한 명이 어찌나 아름다운지 조각상의 미모가 빛을 잃을 정도였습니다. 그녀의 이름은 바다 카필라니(Bhadda Kapilani)였습니다. 처녀의 부모로부터 허락을 받은 신하는 그녀를 데리고 마하가섭의 부모에게로 갔습니다.

마하가섭은 약속을 지킬 수밖에 없었고 둘은 결혼을 하였습니다. 하지만 그 젊은 처녀 역시 자신의 일생을 수행에 바치기로 결심하고 있었고 마하가섭에게 자신의 소원을 털어놓았습니다.

"이 일은 사실 제 부모님의 생각입니다. 부모님은 당신의 재산을 보고 저를 시집보내려고 하셨습니다. 하지만 저는 영적인 수행을 하면서 일생을 보내고 싶습니다."

이 말을 들은 마하가섭은 이렇게 대답했습니다.

"잘 됐군요. 정말 다행입니다. 저 역시 수행을 하면서 일생을 보내고 싶었습니다. 우리의 뜻이 이러하니 함께 수행하면서 살아가도록 합시다." 그리하여 그들은 명목상으로는 부인과 남편이었지만 각자 자기 수행의 길을 걸었습니다.

20년 후 두 사람의 부모가 모두 돌아가시자 마하가섭과 바다 카필라니는 세속적인 생활을 버리고 수행자의 삶을 시작하였습니다. 그들은 존경받는 비구와 비구니가 되었습니다. 바다 카필라니는 비구니가 된 후에도 그녀의 미모 때문에 많은 남자들의 관심의 대상이 되었습니다. 그녀가 탁발을 나가면 남자들이 찾아와 장난을 걸곤 하였습니다. 카필라니는 자신이 원하지도 않은 관심을 받는 것에 너무 놀라서 탁발을 나가지 않으려 하였습니다.

마하가섭은 한때 자신의 아내였던 그녀에게 문제가 생겼다는 것을 알고서 자비심이 생겨 자신이 탁발해온 음식을 그녀에게 나누어주었습니다. 그의 자비심을 오해한 다른 사람들은 이렇게 수군거렸습니다. "봐요, 저 사람들은 명목상 부부였다고 하면서도 사실은 승가에 들어온 지금까지도 여전히 사랑하는 부부처럼 지내잖아요."

바다 카필라니는 자신의 물질적 아름다움이 사실상 걸림돌이 되는 것을 탄식하다가 비록 추한 외모를 가졌지만 아름다운 수행을 이룬 비구니가 되고 싶다는 열망으로 스스로 얼굴을 망가뜨렸습니다. 이 이야기를 통해 우리는 깨달음을 얻은 아라한의 사랑과 애정은 보통 사람들이 느끼는 사랑과 다르다는 것을 알 수 있습니다.

대부분 사람들은 아라한이 세속적인 감정에 얽매이지 않는다고 해서 그가 아무런 감정도 느끼지 않는다고 오해하곤 합니다. 이것은 전혀 사실과 다른 이야기입니다. 부처님과 마찬가지로 아라한 역시 감정의 끈에 연결되어 있습니다. 단지 조용히 경험할 뿐입니다. 아라한은 깨달은 자로 인격적으로 완성되고 진실한 성격을 갖고 있습니다. 아라한은 감정이 공(空)한 상태라고 사람들이 말하는 것은 아라한의 사랑이 통념적인 사랑의 범위를 넘어서서 소수에 대한 사랑을 모두에 대한 무한하고 이타적인 자비심으로 확장했다는 것을 의미합니다.

만약 사랑이 편협하고 한계가 있고 범위가 한정되어 있다면 그 사랑은 주변에 존재하는 것들과 완전무결하고 무한한 친근함을 만들어내는 인간의 잠재력과는 어울리지 않습니다. 놀랍고 무한한 불법의 진리를 반영하고 있지도 않습니다. 자기 자신에 대한 사랑 또는 배우자나 아이들, 가족에 대한 사랑을 불법과 모든 중생에 대한 사랑으로 확장시켜야 합니다. 진정한 사랑은 다른 사람의 삶을 감동시키고 자기 자신을 다른 사람들에게 아낌없이 주는 것입니다.

부처님의 사랑

완전한 깨달음을 얻은 부처님의 감정생활은 어떠했을까요? 부처님은 어떤 사랑을 실천하셨을까요? 부처님의 가피는 얼마나 멀리까지 이를 수 있었고 그 마음의 능력은 얼마나 큰 것이었을까요?

부처님은 친구이건 적이건 아무런 차별 없이 누구나 동등하게 사랑하십니다. 사랑과 친근함은 무한한 능력을 갖고 있다는 것을 알고 계신 부처님은 사랑을 무조건 베푸십니다. 부처님께서는 출가하기 전 데바다하 성의 공주 야쇼다라와 결혼을 했고 그 후 출가하여 깨달음을 얻은 후 다시 가족을 만나기 위해 고향을 찾았습니다. 공주는 너무나 오랫동안 남편을 만나지 못했으므로 달라진 모습을 보고 깜짝 놀랐습니다. 공주는 한때 자신의 남편이었던 부처님께서 무슨 말을 할지 기대 반 의심 반으로 기다렸습니다.

궁 안에서 아버지와 왕족들을 만난 부처님은 마지막으로 부인을 찾

있습니다. 그녀는 왜 남편이 그녀를 버리고 떠났는지에 대해 반드시 물어보리라고 마음먹고 있었습니다. 하지만 부처님의 당당한 모습을 보자 야쇼다라는 곧 그가 순수한 동기에서 출가한 것임을 이해하였고 무릎을 꿇고 예를 갖추지 않을 수 없었습니다.

부처님은 야쇼다라를 보고 조용하면서도 위엄 있게 말씀하셨습니다. "야쇼다라여. 네가 너를 떠난 것을 용서해다오. 비록 내 자신의 수행을 위해 너를 버리고 떠난 것은 정당치 못한 행위였지만 나는 모든 중생들을 가장 진실한 마음으로 대해왔다. 이제 너에게 기쁨을 주리니 나는 억겁의 세월 동안 삶과 우주의 진실을 깨달아 부처가 되고자 하는 소망을 품고 있었다. 나의 소원은 불법을 설하고 야쇼다라 그대를 포함한 고통의 바다에서 헤매는 모든 중생을 돕는 것이다."

부처님의 목소리는 자비로웠고 그 모습은 눈이 부셨으며 말씀 한 마디 한 마디는 평범한 사랑이 아닌 초월적 사랑에서 나온 말이었습니다. 모든 사람은 감동하였고 결국 야쇼다라도 모든 것을 뒤로 한 채 출가를 결심하였습니다. 부처님께서 야쇼다라에게 한 행동에서 우리는 한 사람에 대한 진실한 사랑은 상대방을 성장하게 만들고 언제나 바른 길을 가게 하며 특별한 사랑으로 이끈다는 것을 알 수 있습니다. 그 사랑은 일반적인 사랑을 뛰어넘는 헤아릴 수 없을 만큼 크나큰 사랑입니다.

여러분은 아마도 부처님의 어머님께서 부처님을 출산하고 칠 일만에 돌아가신 이야기를 알고 있을 것입니다. 자신을 이 세상에 태어나게 해주신 어머님께 불법을 전해주고 싶다는 소망을 늘 지니고 계시던 부처님은 마침내 도리천(忉利天, 불교에서 말하는 욕계(欲界) 육천의 두 번째 하늘. 삼십삼천(三十三天)이라고도 한다. 도리천은 세계의 중심인 수미산(須彌山) 정상에 있다.—옮긴이 주)에 올라가 그 소원을 이루게 됩니다. 부처님의 아버지 슈도다나 왕이 죽자 모든 왕자들이 그 관을 메고 따라가기를 원했습니다. 비록 완전한 깨달음을 얻고 가장 존경받는 분이었지만 부처님 역시 아버지의 관을 메고 따라나서고 싶었습니다. 부처님께서 아버지의 관을 메고 걸어가는 모습을 본 사람들은 크게 감동하였습니다. 참으로 헌신적인 아들이고 모든 이들의 존경을 받을 만한 분이라고 생각하였습니다. 완전한 깨달음을 이루었다 해도 부처님은 부모님을 대할 때에는 자신이 중요한 존재이고 영적인 수행을 이룬 존재라는 것을 전혀 드러내지 않으셨습니다. 부모님에 대한 사랑과 존경의 마음을 잘 보여주는 이야기였습니다.

부처님은 자신에게 소중하거나 가까운 사람들이나 가족만을 사랑한 것이 아니라 적대시하는 이에게도 사랑을 나누어주셨습니다. 피해를 주는 사람에게도 또 친절하게 대하는 사람에게도 누구에게나 똑같은 사랑을 베푸셨습니다. 사랑을 할 수 있는 능력은 무한정이라는 것을 이해할 수 있는 사람은 그의 적에게도 친구에게 베푸는 것과 똑같은 사랑을 줄 수 있습니다. 사촌인 데바닷타가 부처님께 해를 끼쳤지만 부처님께서는 그에게 어떤 원한도 품지 않으셨습니다. 사실 부처님께서는 사람들에게 데바닷타는 수행을 단련하도록 도와주는 스승과 같다고 말씀하셨습니다.

사람들은 대부분 자신과 대립하는 사람들이 생기게 되면 스스로 수행하는 기회로 삼으려 하는 대신에 그들을 조롱하거나 꽤씸하다고 생각하는 경향이 있습니다. 어둠이 없다면 빛의 소중함을 알 수가 없습니다. 악이 없다면 우리가 진실이 갖고 있는 선의 아름다움에 고마움을 느낄 수 없습니다.

부처님께서는 힘 있고 부유한 자들에게만 자비를 베풀지는 않으셨습니다. 차별 없이 모든 중생들을 자비로 보살피셨습니다. 제자가 병이 나면 약이나 물을 챙겨주셨습니다. 한 번은 나이 많은 비구들이 시력이 떨어져서 옷을 손질하지 못하게 된 것을 보고 직접 바늘에 실을 꿰어 바느질하는 것을 도와주기도 했습니다. 부처님께서는 자신의 제자를 마치 어머니가 자식을 돌보듯 보살피셨습니다. 부처님은 가장 자비로우신 분이며 우리에게 무한한 희망을 안겨주시는 분입니다.

부처님은 또한 사람과 그의 근기에 맞게 가르치는 인내심 많은 스승이기도 하셨습니다. 니제(尼提)라는 제자는 평생 남을 부정하고 의심하면서 살았는데 자신이 부처님의 제자가 되기에 불충분하다고 생각하고 피해 다녔지만 부처님께서는 일부러라도 그를 만나려 하셨습니다. 간단한 게송을 외우는데도 너무나 시간이 오래 걸리는 제자에게는 시간을 따로 내어 불법을 설해주셨습니다.

다른 지방에서 불법을 가르치던 제자 마하가섭이 부처님께 자신의 어린 학생을 보냈는데 부처님은 제자들에게 "지금 마하가섭이 보낸 어린 학생이 도착했다. 내 잠자리 옆에 그의 침대를 놓도록 하라."라고 말씀하시며 돌봐주셨습니다. 대자대비하신 부처님은 방문객일지라도 모든 사람들에게 정성을 쏟으셨습니다. 어린 소년에게 보인 관심은 결국은 멀리 떨어진 곳에서 불법을 퍼뜨리고 있는 제자에 대한 사랑이었습니다.

부처님께서는 늘 타인에 대한 헤아릴 수 없을 만큼 커다란 관심과 사랑을 보이셨습니다. 부처님의 제자 아나율은 긴 시간 수행하면서 제대로 쉬지 않은 까닭에 두 눈을 실명하게 되었는데 부처님은 항상 그를 걱정하셨고 아나율이 초자연적인 능력을 얻게 된 후에도 여전히 제자를 걱정하셨습니다. 또한 부처님은 사촌인 아난다가 인물이 잘생겨서 종종 여인들로부터 유혹받는 일이 생기는 것을 걱정하셨는데 아난다가 수행을 성공적으로 마치고서야 비로소 안도의 한숨을 내쉬었다고 합니다.

이런 이야기들을 통해 우리는 부처님이야말로 새로운 관계를 이루거나 기존의 관계를 더욱 돈독히 할 때 어떻게 사랑해야 하는지, 또 단 한 사람이라도 사랑할 수 없는 사람은 이 세상에 없다는 것을 몸소 보여주신 분이라는 것을 알 수 있습니다. 부처님은 친근함을 실천하고 좋은 인연을 만들어가는 것에 대한 전문가라 할 수 있습니다. 부처님의 자취를 따라간다면 우리의 삶뿐만 아니라 다른 사람들의 삶까지도 바꾸어놓을 수 있을 것입니다.

사랑과 애정은 그 가치가 무한합니다. 이제 저는 여러분이 사랑과 애정이 다양한 정도를 갖고 있다는 것을 이해하여 그것을 실현해볼 수 있기를 희망합니다. 젊은이들의 사랑은 말로 하는 사랑이고, 중년의 사랑은 행동으로 보여주는 사랑이고, 나이든 사람들의 사랑은 마음으로 하는 사랑이라는 말이 있습니다. 이것은 사랑하는 방법에 대한 이야기입니다. 나이가 들면서 사랑이 더욱 성숙해진다는 의미입니다.

영적인 발전 역시 우리의 사랑을 더욱 깊고 폭넓게 만들어줍니다. 사랑은 가정에서부터 시작됩니다. 우리는 배우자를 사랑하고 자식을 사랑하고 형제들을 사랑합니다. 여기에서 더 나아가 친지들과 친구들을 사랑하고 좀 더 범위를 넓혀서 모든 인간들과 모든 존재들을 사랑합니다. 소유하는 사랑에서 베푸는 사랑으로 성숙하고 마침내는 보살과 부처가 되어 모든 사람을 사랑하는 깨달음의 사랑으로 발전합니다. 이런 사랑은 "나는 내 자신만의 즐거움을 구하지 않겠다. 모든 중생들이 고통에서 해방되기를 바라노라."라고 말하는 위대한 자비심과 같습니다.

사랑은 물과 같습니다. 사랑은 우리의 삶을 풍요롭게 해주기도 하지만 우리를 그 속에 빠뜨려 헤매게 만들기도 합니다. 그러므로 제대로 사랑하는 방법을 모른다면 그 사랑은 많은 문제를 일으키고 우리의 삶을 망칠 수도 있습니다. 우리가 모든 존재를 껴안는 대신 편협하고 선택적인 사랑을 한다면 사랑이 가진 엄청나게 큰 능력을 사용하지 못하게 될 것입니다. 어떻게 사랑하는 것이 제대로 사랑하는 것일까요? 여러분에게 다음과 같은 네 가지 사랑법을 알려드리겠습니다.

현명하게 사랑하기: 사랑을 정화하기 위해서는 현명해야 합니다.

자비롭게 사랑하기: 사랑을 극대화하기 위해서는 자비로워야 합니다.

불법에 따라 사랑하기: 불법에 따라 사랑해야 합니다.

도덕적으로 사랑하기: 도덕과 윤리에 맞게 사랑해야 합니다.

사랑은 이렇게 우리의 삶에서 중요한 주제입니다. 이타적인 사랑을 하고 우리의 사랑을 모두에게 나누어줄 수 있는 방법은 무엇일까요? 소유하는 사랑에서 베푸는 사랑으로 또 불법에 대한 사랑으로 가는 방법은 무엇이고, 차별적인 사랑에서 위대한 자비의 사랑으로 우리의 사랑을 정화하는 방법은 무엇일까요? "무연자비를 베풀고 나와 남이 둘이 아니고 하나임을 알아야 한다."라는 말을 실천하기 위해서는 어떻게 해야 할까요? 친근함의 진실한 능력을 제대로 발휘하기 위해서는 무엇을 해야 할까요? 이런 의문들은 우리가 곰곰이 생각해보아야 할 숙제입니다. 우리가 자신의 틀을 뛰어넘어 사회를 위한 사랑과 애정을 추구하게 될 때 우리 모두는 삶 속에서 더 많은 기쁨을 얻게 될 것입니다.

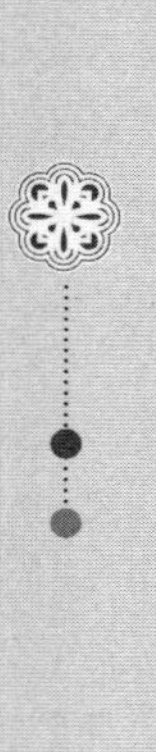

[제3장]

자연보호를 통한
친근한 관계 만들기

앞에서 우리는 관계를 통해 삶이 이루어지므로 자신을 다스리고 다른 사람을 대하는 방법에 따라 우리의 삶과 타인의 삶의 모습이 결정된다는 이야기를 나누었습니다. 평범한 사랑에서 특별한 사랑으로, 또 겨우 가늠할 수 있는 거리에서 진실한 마음을 알 수 있는 거리로 관계가 발전한다면 우리의 관계는 좀 더 조화롭고 즐겁고 긍정적인 것으로 바뀌게 될 것입니다. 말만 그런 것이 아니라 실제로 이런 분위기가 형성된다면 우리의 주변 환경에 큰 영향을 주게 됩니다. 다시 말하자면 조화롭고 아름다운 환경 역시 제대로 된 관계, 즉 우리와 지구와의 제대로 된 관계에 따라 이루어집니다.

친근함은 사람들과의 관계에서만 이루어지는 것이 아닙니다. 우리의 소중한 지구를 포함한 모든 현상계와의 깊고 심오한 관계 속에도 친근함은 필요합니다. "우리는 모두 하나이고 서로 의지해서 존재한다."라고 할 때 '우리'는 단지 인간만을 의미하는 것이 아닙니다. 경전에서는 "모든 살아있는 것들은 불성(佛性)이 있다. 의식이 있건 의식이 없건 모든 존재들은 똑같이 완전한 지혜(반야바라밀을 의미함—옮긴이 주)를 갖고 있다."라고 말하고 있습니다.

모든 존재, 살아있는 인간, 동물, 식물 그리고 이 지구는 상호간에 친근함을 주고받으며 서로 긴밀하게 얽혀 있습니다. 우리가 행하는 행동 하나하나, 우리가 갖고 있는 생각 하나하나가 모두 우리 자신과 다른 사람들과 이 지구에 영향을 미치고 있습니다.

환경보호에 대해 말하려고 하는 이 장에서는 우리가 살고 있는 이 지구에 가능한 한 적은 피해를 주면서 이 땅을 최대한 보호할 수 있는 방법에 대해 일반적이고 어느 정도는 전문적이기도 한 여러 가지 의견을 제시할 것입니다. 또한 모든 살아 있는 존재들과 자연스러운 친근함을 이루는 것을 우리 존재의 정수(精髓)로 삼으라는 말씀을 드리고자 합니다. 또 마음과 생각을 정화하는 것과 세상을 정화하는 것이 어떤 것인지도 알아보려 합니다.

우리의 내부 환경과 외부 환경은 서로 연결되어 있으며 따로 떨어져서는 존재할 수 없습니다. 환경보호를 목적으로 진행하는 대부분의 계획들은 외적인 면에 초점을 두지만 중요하게 해야 할 일은 사람들의 마음과 정신에 관한 문제입니다. 정신적으로 건강한 환경에 있을 때 물질적 환경도 제대로 지켜낼 수 있습니다. 환경적인 친근함을 성공적으로 이루기 위해서는 내면의 친근함을 개발해야 합니다. 불교가 이런 관계를 수행하는 데 어떤 도움을 줄 수 있을까요?

불교도들의 전통적인 환경보호

대부분 사람들은 불교도들을 보수적이고 소극적이고 명상만 하고 진언을 외우고 채식을 좋아하는 사람들이라고 생각합니다. 사람들은 불교를 환경보호 같은 활동적이고 진보적인 행동과는 어울리지 않는 종교라고 생각합니다. 하지만 사실 불교는 환경보호의 정신을 구현하는 종교이고, 이 문제가 현대사회의 관심거리가 되기 훨씬 전부터 환경보호 운동을 해왔습니다.

역사적으로 보면 불교도들은 환경보호에 좋은 영향을 미쳐왔습니다. 부처님께서는 전생에 사슴 왕이었을 때 새끼를 가진 암컷을 대신해 목숨을 내놓으셨습니다. 인간의 왕이 이 자비로운 행동을 보고 감동하여 그곳을 사냥 금지 성역으로 지정하였습니다. 부처님께서는 항상 제자들에게 나무와 야생동물을 보호할 것을 강조하셨습니다. 오랜 시간 동안 불교 사원과 수도원에서는 부처님의 가르침을 실천하였고,

여러 가지 방법으로 지구를 돌보는 부처님의 행동을 따라왔습니다.

사원에서는 나무를 심고 강을 준설하고 도로를 재정비하고 다리를 수선하였고, 자연을 이용할 때는 충분히 생각하고 배려했습니다. 법문을 하면서 신도들에게 짐승들을 풀어주라고 말하였고 채식을 권장하고 사람들에게 자연의 선물이 갖는 가치에 대해 강조하였습니다.

환경을 너무나 생각한 한 보살의 이야기가 있습니다. 그는 한 조각의 종이를 버릴 때마다 지구를 더럽힐까봐 걱정하고 말 한마디를 하면서도 지구를 괴롭히게 되지 않을까 걱정하였고 걸음을 걸을 때에도 땅을 신경 쓰며 조심해서 걸었습니다. 그의 세심한 환경보호는 우리들에게 좋은 본보기가 되고 있습니다.

이런 행동으로 사원에서는 '환경보호'라는 슬로건이 생기기 전부터 자연스럽게 환경을 보호해왔다는 것을 알 수 있습니다. 사원에서의 환경보호는 단지 환경을 가꾸는 일뿐만 아니라 수행의 하나로 행해져 왔습니다. 자연을 보호하고 환경을 돌보면서 더 깊은 영적인 수행을 이루는 전통은 오늘날까지 이어져 내려오고 있습니다. 환경을 자신의 한 부분처럼 생각할 때 우리는 지금 살고 있는 이곳의 아름다움을 누릴 수 있으며 다음 세대에게는 건강하고 울창한 지구에서 평화롭게 살고 행복하게 살 수 있는 기회를 물려줄 수 있습니다.

환경을 보호한다고 해서 전혀 손을 대지 않는다는 것은 아닙니다. 거리를 두고 멀리서 지켜본다는 의미입니다. 우리는 이 지구에 살고 있고 지구가 주는 자원을 이용해서 살아갑니다. 하지만 언제나 자연을 최우선 순위에 놓고 살아야 합니다. 고대 중국의 명원 대사는 시조우 강가에 수천 그루의 나무를 심어 홍수를 방지했습니다. 뤄양[洛陽]의 도예 스님은 황허 강의 용문 계곡에 많은 배들이 오도 가도 못한 채 갇혀 있는 것을 보고 더 큰 비극을 막기 위해 친구 백거이(百居易)와 함께 마을 사람들을 도와 강을 넓혀 물의 흐름을 조절했습니다.

이 두 가지 역사적 사실은 기록으로 남아 있지만 그 외에도 기록에서 누락된 일들이 많이 있습니다. 승려들은 여행을 하는 동안 다음 여행객을 위해 정글이나 산속에 길을 내기도 했습니다. 그들은 아무도 알아주지 않아도 인간과 그들이 살고 있는 지구와의 조화로운 관계를 북돋워주고 모든 이를 구제하고자 하는 보살 정신을 수행하면서 인간과 환경과의 조화를 위해 묵묵히 일하였습니다.

1992년 4월 불광협회 연례 회의에서는 '환경과 정신' 보호를 주제로 워크숍을 개최하여 우리의 마음과 정신을 먼저 가꾼 다음 우리의 환경을 돌볼 것을 권하면서 다음과 같은 열두 가지 항목을 실천할 것을 제안하였습니다.

조용하게 말하기: 다른 사람을 방해하지 말라

토양을 보존하기: 쓰레기를 함부로 버리지 말라

공기를 청정하게: 매연이나 오염 물질을 배출하지 말라

자신과 상대방을 공경하기: 폭력적인 행동을 삼가라

공손하게 행동하기: 다른 사람에게 강요하지 말라

미소 짓기: 화가 난 상태로 다른 사람을 대하지 말라

친절하게 말하기: 상스러운 말이나 욕을 사용하지 말라

규칙을 지키기: 예외나 특권을 바라지 말라

신중하게 행동하기: 윤리적으로 행동하라

생각하며 소비하기: 낭비하지 말라

중심을 잡고 살아가기: 목적 없는 삶을 살지 말라

친절 수행하기: 악의를 만들어 내지 말라

불광협회에서는 그 외에도 육림과 조림 사업을 통해 수자원을 보호하는 등 대만 정부와 협력하여 많은 일들을 하고 있습니다. 구체적으로 2백만 그루의 나무를 심는 수자원 보호 사업을 실시하기도 했습니다. 종이 재활용 활동을 통해 나무를 베어낼 필요성을 줄였을 뿐 아니라 수자원도 보호하였습니다.

불교도들은 깨끗한 나라라고 하면 으레 아미타불이 사는 서방정토(西方淨土)를 떠올립니다. 아미타불의 가르침을 환경보호 운동에 적용시킬 수 있을 것입니다. 아미타불은 보살의 길을 걷기로 마음먹고 마흔여덟 가지 서원(四十八願)을 세웠습니다. 이 서원의 힘으로 아미타불은 비할 데 없이 아름답고 평화로운 서방정토를 구현하였습니다. 그곳은 찬란한 금으로 덮인 바닥과 보석으로 장식한 탑이 있고 모든 것이 완벽하게 갖추어져 있습니다. 서방정토에는 오직 모두를 위한 선(善)만이 존재할 뿐 악(惡)은 있을 수 없습니다. 그곳에는 아름다움만 있을 뿐 독이나 소음, 오염은 존재하지 않습니다.

날씨는 서늘하고 쾌적하며 물은 깨끗하고 달콤합니다. 땅은 깨끗하고 공기는 고귀합니다. 서방정토에 사는 사람들은 친절하며 몸과 마음이 모두 건강하여 장수를 누리고 삼독(三毒)의 해악에서 벗어나 있습니다. 아무도 나무를 베어내지 않기 때문에 주변 풍경을 둘러보면 이와 같은 배려를 느낄 수 있습니다. 이곳이야말로 모두가 갈망하는 이상향이지만 사실 마음을 모으고 자비를 실천한다면 우리가 살고 있는 지금 이곳이 서방정토가 될 수 있습니다. 아미타불은 우리에게 건강한 마음과 건강한 환경을 지켜내야 한다는 지혜를 가르치신 분임이 분명합니다.

신성한 내면과 생태학적 외면의 조화

환경과 긍정적인 관계를 맺기 위해 노력할 때 가장 염두에 두어야 할 것은 내적인 신성함을 유지하면서 외부로는 생태학적 균형도 생각해야 한다는 두 가지입니다. 이것을 이루기 위해 여러 가지 방법이 있지만 우리가 반드시 알아야 할 것은 이 두 가지가 서로 배타적이 되어서는 안 된다는 점입니다. 내적인 환경과 외적인 환경은 서로 영향을 주고받기 때문입니다.

어떤 것에도 영향 받지 않은 태초의 신성한 아름다움이 간직되어 있는 곳에서 어느 때보다도 더 평안하고 행복한 기분을 느껴보신 적이 있을 것입니다. 모든 존재들과 친근함을 나누려고 하는 순수하고 평화로운 내적 생활을 하는 사람들은 자연스럽게 외부 세계도 돌보게 됩니다.

사람들은 자신의 내적인 평화를 지켜야 할 책임이 있습니다. 이것을 위해서는 내적인 환경보호를 위한 수행에 힘써야 하고 탐(貪), 진(瞋), 치(痴)의 삼독(三毒)이 공(空)하다는 것을 알아야 합니다. 야생동물의 서식지 보호, 청정한 공기, 수자원 보호, 오염 물질 감시, 쓰레기 처리, 방사능 오염과 같은 외부적인 환경보호를 위해서는 모든 사람들의 노력이 반드시 필요합니다. 모든 사람들이 힘을 합하여 빠르게 고갈되고 있는 자연의 산물을 보존하는 데 관심을 기울인다면 우리의 지구는 한때 그랬던 것처럼 다시 천국의 환경으로 돌아갈 수 있을 것입니다.

가장 먼저 외부의 생태학적 균형을 유지하는 문제에 대해 이야기해보기로 합시다. 환경보호를 위해서는 생명 존중과 자연보호라는 두 가지 방법이 있습니다. 5계(五戒, 불교도가 지켜야 할 다섯 가지 계율, 살생하지 말라[不殺生], 도둑질하지 말라[不偸盜], 음행을 하지 말라[不邪淫], 거짓말을 하지 말라[不妄語], 술을 마시지 말라[不飮酒]―옮긴이 주) 중 하나인 살생하지 말라는 곧 생명을 존중하라는 뜻입니다. 『범망경(梵網經, 팔리어로 쓰인 남방 상좌부의 경장(經藏)인 장부(長部)의 제1경전. '범망'은 견망(見網), 곧 어부가 그물로 고기를 잡아 올리듯 모든 견해(16견)를 끌어올린다는 데서 나온 말이다—옮긴이 주)』에 다음과 같은 말씀이 있습니다.

"부처님께서는 제자들이 자비를 실천하여 잡은 동물을 놓아줄 때 항상 이렇게 말씀하셨다. '모든 수컷들은 나의 아비이고 모든 암컷들은 나의 어미가 되니. 환생을 거듭하는 동안 그들은 나에게 생명을 주었다. 육도(六道, 중생의 업에 따라 필연적으로 태어나는 여섯 곳, 인간세계, 축생계, 지옥계, 아귀계, 아수라계, 천상계—옮긴이 주)의 모든 존재가 다 나의 부모이다. 짐승을 죽여 그 고기를 먹는 것은 나의 부모를 죽이는 것과 같고 간접적으로 나의 몸을 죽이는 것과 같으니라.' 살아 있는 짐승을 죽이는 것을 보게 된다면 반드시 그 짐승을 구해서 고통을 덜어주어야 하고 모든 생명을 구하고자 하는 부처님과 여러 보살의 정신을 널리 퍼뜨려야 한다."

살생하지 말라는 계율은 모든 중생을 존중하라는 뜻입니다. 가장 기본적으로 생각하면 죽이지 않는 것이고 여기서 발전하여 어려움에 빠진 생명을 도와 목숨을 구하는 일까지도 이 계율에 포함됩니다. 상처 입은 동물을 보면 안전하게 건강을 되찾을 때까지 돌봐주어야 합니다. 항상 동물에게 먼저 다가가고 자비로운 마음으로 보호해주어야 합니다.

오늘날 사람들은 독특한 취향이 있어서, 움직이는 것이라면 그것이 하늘을 나는 것이건 물에 있는 것이건 혹은 땅에 다니는 것이건 모조리 먹어버리려는 경향이 있습니다. 이런 무차별적인 도살과 소비는 내적으로 정신을 훼손할 뿐만 아니라 외적으로도 자연환경과의 균형을 무너뜨리고 폭력이 세상을 지배하게 만듭니다. 그러므로 삶의 질을 끌어올리기 위해 우리는 세상에 친근함의 힘을 키우고 모든 살아 있는 존재를 존중하고 보호해야만 합니다.

옛날 고승들은 육도의 중생들 특히 짐승과 좋은 관계를 나누었고 사자나 호랑이와도 잘 지냈습니다. 수나라 시대의 후예 스님은 종종 날짐승들에게 법을 설하였는데 호랑이가 마치 새끼 고양이처럼 발밑에 엎드려 있었다고 합니다. 지장 스님은 산 속에서 혼자 살면서 다친 짐승들을 도와주었는데 음식이 떨어지면 새들이 과일을 물어다주곤 했습니다.

『잡아함경(雜阿含經, 4아함경 중의 하나. 4아함경 중 짧은 소경이 제일 많이 들어 있다─옮긴이. 주)』에는 죽음을 눈앞에 둔 행자 스님의 이야기가 나오는데 스님은 물에 빠져 허우적대고 있는 개미 떼를 구해 주는 자비를 베풀어 목숨을 연장할 수 있었다고 합니다. 이런 이야기들은 모두 우리들에게 자비로운 행동을 할 것을 상기시켜주고 있습니다. 생명 존중은 인간으로서 지켜야 할 기본적인 도덕이고 화, 폭력, 슬픔 등을 평온함으로 바꾸어줄 수 있는 가장 좋은 도구이기도 합니다.

동물들을 보살피고 보호해주는 것과 마찬가지로 식물도 보호해야 합니다. 풀잎 하나에도 생명이 있습니다. 우리가 숨 쉬는 공기를 맑게 정화해주기 때문입니다. 생명 하나하나는 전체를 균형 있게 유지하는 데 기여하므로 모든 생명을 소중하게 생각해야 합니다. 만약에 한 곳에서라도 이런 가치를 부정한다면 전체에 부정적인 영향을 주게 됩니다. 반대로 이 전체 조직의 어느 한 부분이 긍정적으로 작용한다면 전체에도 좋은 영향을 미치게 됩니다.

나무를 보호한다면 세상을 좀 더 푸르게 만드는 일이 되고, 셀 수 없이 많은 창조물들에게 집을 제공하는 일이 되며, 숨 쉬고 즐길 수 있는 좀 더 좋은 공기를 만드는 일이 됩니다. 생명을 보호하는 것은 또한 지각이 없는 산이나 강 그리고 매일매일 사용하는 살림살이 같은 것까지도 소중하게 다루는 것을 의미합니다. 탁자나 의자, 수건들도 세심하게 다루어야 합니다. 이런 물품을 제대로 다루지 못하면 10년 동안 쓸 수 있는 것을 5년밖에 사용하지 못하게 될 것이고, 이것은 간접적으로 '생명'을 해(害)하는 일이 되기 때문입니다.

한 번도 행주와 친하게 지내겠다는 생각을 해보지 않았다면 지금이라도 시작하십시오. 주변 환경과 조화롭게 지내는 것은 그 안에 존재하고 있는 모든 창조물들과 균형 있는 관계를 유지한다는 것을 의미합니다.

생명 존중에 관해 한 마디 더하면 자원 보존을 통한 환경보호를 들 수 있습니다. 무심코 생활하다 보면 우리는 자원을 낭비하기 쉽습니다. 종이를 예로 들어보겠습니다. 십 년 자란 나무가 베어지고 쪼개지는 데는 한 시간도 채 걸리지 않습니다. 일 톤의 종이가 재활용된다면 스무 그루의 나무가 보존될 수 있고 종이를 앞뒤로 모두 사용하는 일도 나무를 지킬 수 있습니다. 나무는 우리 환경에 아주 중요한 역할을 합니다. 나무는 그늘을 제공해주고 물이 잘 순환될 수 있도록 해주며 숨을 쉴 수 있게 해줍니다. 정말 중요한 존재라고 할 수 있습니다.

제대로 보존한다는 것은 환경뿐 아니라 우리 인간들에게도 직접적으로 이익을 가져다줍니다. 현재 우리에게 주어지는 것은 우리의 과거의 행동들 또는 업(業)에 의해 결정됩니다. 업이란 은행에 넣어둔 예금과도 같습니다. 돈을 인출하려면 먼저 계좌를 만들고 저금을 넣어두어야 합니다. 보존은 우리가 갖고 있는 업이라는 통장에서 돈을 뺄 수 있도록 해주는 행위와 같습니다. 이 점에 대해 저의 개인적인 경험담을 얘기해보겠습니다.

많은 신도들이 제게 아는 것이 너무나 많다고 찬사를 보냅니다. 저는 이것이 과거에 했던 노력의 결실이라고 믿고 있습니다. 젊은 행자 시절 저는 종이를 매우 아껴 썼습니다. 한 장의 종이를 받으면 앞뒷면을 모두 사용하고 줄과 줄 사이에도 글씨를 썼습니다. 이미 쓴 종이에 다른 색깔의 연필로 글을 쓸 때도 있을 만큼 종이를 아꼈는데 제가 쓴 글자를 도저히 읽을 수 없을 때까지 사용한 후에야 종이를 버렸습니다. 저는 종이를 충분히 사용한 그 업이 모여 제게 그런 지적 능력을 갖도록 해주었다고 믿고 있습니다. 여러분들도 자연이 준 선물을 잘 모아서 자신만의 '업 예금통장'을 가질 수 있습니다.

자원의 낭비를 줄이기 위해서 아주 큰 노력이 필요한 것은 아닙니다. 예를 들면 일회용 종이 접시나 플라스틱 용기를 사용하는 대신 씻어서 다시 사용할 수 있는 용기를 사용합시다. 스티로폼이나 플라스틱은 환경을 해치고 생분해성이 없어서 몇 백 년이 지나도록 땅속에서 썩지 않고 만일 태울 경우에는 발암성 가스를 내보냅니다. 일회용품을 적게 사용하여 우리의 지구를 건강하게 지켜야 합니다.

자원을 보존하는 또 한 가지 방법은 재활용입니다. 종이와 알루미늄 깡통, 플라스틱 병과 유리 주전자 등을 재활용할 수 있습니다. 그리고 더 많은 정밀하고 창조적인 재활용 기술들이 나오고 있습니다. 재활용을 생활화하면서 우리는 부처님의 가르침을 수행하고 우리의 사랑을 표현하고 환경을 생각하게 되고 사람들 사이에는 연대감이 더욱 강해지고 환경보호에 대한 경각심을 널리 알릴 수 있습니다.

우리 모두가 환경과 친근함을 이룰 수 있는 구체적인 안으로 다음과 같은 방법을 제안합니다.

적절하게 소비하고 쓸 만큼만 구입한다.

(나를 키워주는 것들에 대해 항상 감사하는 마음을 갖자.)

자동차를 잘 관리하고 배기가스가 많이 나오지 않도록 조심한다.

(대기 오염에 주의하자.)

일회용품의 사용을 줄이고 가능한 한 쓰레기를 만들지 않도록 한다.

(매립되는 쓰레기의 양을 줄일 수 있도록 노력하자.)

목욕은 짧게 한다.

(지구의 수자원을 보존하자.)

자연을 훼손하지 않는다.

(원시 상태의 자연을 보호하자.)

절전형 전구나 제품을 사용한다.

(가능한 한 촛불의 일렁거림을 즐겨라.)

자동차 에어컨의 사용을 자제한다.

(자동차의 냉방 시스템은 지구 오존층을 파괴하는 프레온 가스를 배출하는
 주범이다. 열린 창문으로 들어오는 상쾌한 공기를 즐겨라.)

가능한 재활용하고 재활용 물자를 많이 사용한다.

(새로운 자원을 캐내야 할 일을 줄이자.)

내구성이 강하고 연료 효율이 좋은 타이어를 사용한다.

(모든 자원의 수명을 연장하도록 노력하자.)

장 볼 때에는 반드시 장바구니를 들고 간다.

(한 가지 상품을 가능한 한 오래 사용하자.)

이 소중한 지구를 보호하기 위해서는 셀 수 없을 만큼 많은 방법들이 있다는 것을 명심해야 합니다. 자원을 보존하기 위해 의식적으로 노력한다면 아직 훼손되지 않은 환경을 보존하고 이미 훼손된 환경을 회복하는 데 많은 도움이 될 것입니다.

물질적인 환경을 보호하는 것과 더불어 내적인 영혼의 환경 역시 돌보아야 합니다. 한 사람이 고통을 받으면 다른 사람들도 고통을 받게 되고 한 사람이 편안하면 다른 이들도 편안해집니다. 『유마경(維摩經, 구마라습이 번역한 대승 경전. 불교 경전 가운데 가장 잘 알려지고 드라마틱한 경전 가운데 하나—옮긴이 주)』에 이런 말이 있습니다. "청정한 곳에

서 있고 싶다면 먼저 마음을 청정하게 해야 한다. 마음이 깨끗하면 있는 곳도 깨끗하다." 이 말은 우리가 살고 있는 환경의 상태가 곧 우리들이 가진 마음을 반영한다는 의미입니다.

더 나은 환경을 만들기 위한 운동을 성공적으로 이끌기 위해서는 내적인 영혼을 가꾸는 일을 무시해서는 안 됩니다. 언제부터 시작되었는지 모르지만 인간들은 탐욕, 미움, 질투, 원한 등에 사로잡혀서 자신들이 가진 본래 고유한 본성을 깨닫지 못하고 살아갑니다. 탐욕을 관용으로, 미움을 자비로, 질투는 포용으로, 원한은 존경으로 바꾸도록 힘써야 합니다.

생각하는 방법과 세상을 보는 방법을 바꾼다면 우리가 보고 듣고 만지는 것들이 모두 다르게 변할 것입니다. 인간의 진정한 본성은 친근함뿐입니다. 우리가 타고난 무한한 이런 가능성을 깨닫는 것이 살아가면서 해야 할 중요한 일입니다.

물질적 환경을 돌보면서 우리의 몸과 마음도 보살펴야 합니다. 사람의 신체는 위대한 지구와 비교할 수 있습니다. 순환기 계통은 강물과 같습니다. 끊임없이 흐르면서 신체의 각 부분에 영양을 공급합니다. 반대로 폐는 숲과 같아서 산소를 마시고 이산화탄소는 배출합니다. 뼈는 산이라 할 수 있습니다. 다양한 장기들을 보호하는 역할을 합니다. 세포는 숲에 사는 작은 동물들처럼 생기에 넘쳐 이곳저곳을 옮겨 다닙니다. 몸은 눈, 귀, 코, 입, 피부, 마음이라는 여섯 거주자들이 살고 있는 마을이라고 할 수 있습니다.

　그중 마음은 마을의 촌장과 같아서 다른 거주자들을 이끌고 지도하는 역할을 하고 있습니다. 육체적으로 건강하고 외부적으로 최상의 환경을 원한다면 먼저 자신의 정신 건강부터 보살펴야 합니다. 내적인 안정감을 이루었을 때 비로소 우리의 신체와 지구는 평화로울 수 있습니다.

　내적인 환경을 순수하게 유지하려면 어떻게 해야 할까요? 부처님을 떠올리면 됩니다. 마음속에 부처님을 모시고 생활한다면 우리는 부처님의 눈으로 세상을 보고 부처님의 귀로 세상의 소리를 듣고 부처님의 말씀으로 세상에 말하고 부처님의 자비로 모든 일을 하게 될 것입니다.

　비록 이 세상이 부정적인 것으로 가득 차 있다고 하더라도 내적인 신성함을 보존하는 방법을 깨닫는다면 부처님께 좀 더 가까이 다가갈 수 있습니다. 흙탕물 속에서 피어난 깨끗한 연꽃처럼 복잡하게 얽혀 있는 이 세상에 우뚝 설 수 있습니다. 더 이상 다른 사람들이나 세상과 친근함을 이루기 위해 애쓰지 않아도 될 것입니다. 진정한 친근함은 자연스럽고 영원한 존재 방식이 될 것입니다.

　지금까지 우리는 환경보호와 친근함에 관해 여러 가지로 살펴보았습니다. 이제 다음과 같은 말로 이야기를 마치고자 합니다.

고운 말로 이야기하라. 말하는 이의 기품을 나타낸다.

쌀 한 톨도 소중하게. 그것이 부자가 되는 지름길이다.

한 마디의 말도 조심스럽게. 그것이 행복의 기본이다.

아주 사소한 일이라도 조심하라. 그것이 장수의 비결이다.

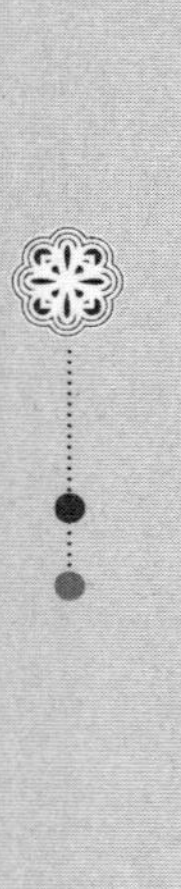

[제4장]
삶의 물질적인 면과 친근하게 지내기

행주와 친하게 지낸다는 이야기가 터무니없는 말처럼 들리겠지만 물질세계와 인간과의 관계는 모든 현상계와 긍정적인 관계를 갖는다는 측면에서 보면 대수롭지 않은 일일 수도 있습니다. 우리들이 그물처럼 얽혀 있는 인간관계에서 떨어져나가서는 살아갈 수 없고 환경과 별도로 살아갈 수는 없는 것처럼 우리 인간들은 물질세계와 밀접하게 연결되어 있습니다.

우리가 입고 있는 옷, 먹는 음식, 살고 있는 집, 교통수단, 사용하는 돈 등 많은 것들이 존재의 한 부분을 차지합니다. 우리는 이들과 긍정적인 관계를 맺을 수도 있고 부정적인 관계를 맺을 수도 있으며, 또 조화롭게 잘 지내거나 그렇지 못할 수도 있습니다. 이들이 우리에게 도움이 되기도 하고 해가 되기도 하며, 이들을 명심하면서 살기도 하고 무시하고 살기도 합니다.

친근함과 함께 살아간다면 작은 돈도 축복이 될 수 있지만 친근함이 없다면 억만금이 있다고 해도 행복하지 않을 수도 있습니다. 물질적인 생활과의 친근함은 소유와 재물에 대해 건강하고 균형 있고 유익한 태도를 유지하는 데 도움이 됩니다.

우리는 과연 자신의 물질적 재산에 대해 얼마나 만족하고 있을까요? 항상 더 많은 것을 갈망하고 있는 것은 아닐까요? 우리는 우리가 가진 것에 대해 감사하고 있습니까? 그냥 당연한 것으로 생각하고 있는 것은 아닐까요? 필요한 것과 갖고 싶은 것을 구별할 수 있습니까? 내가 가진 재산을 남을 위해서 베풀고 있습니까? 자신의 욕망만을 위해서 쓰고 있지는 않습니까? 행주와 같은 작은 물건과도 우리는 친근한 관계를 유지해야 합니다.

먼저 부처님은 물질세계를 어떻게 보셨는지에 대해 알아보기로 하겠습니다. 부처님처럼 깨달음을 얻은 이라 할지라도 물질세계와는 떨어져 살 수 없으므로 의식주와 이동 수단 등 살아가는 데 필요한 기본적인 도구들은 있어야 합니다. 그러나 우리들과 부처님이 같은 것을 필요로 한다 해도 그 의미는 서로 다릅니다. 뒤에서도 배우겠지만 부처님이 물질세계를 대하는 태도는 그 자체가 하나의 수행이었습니다.

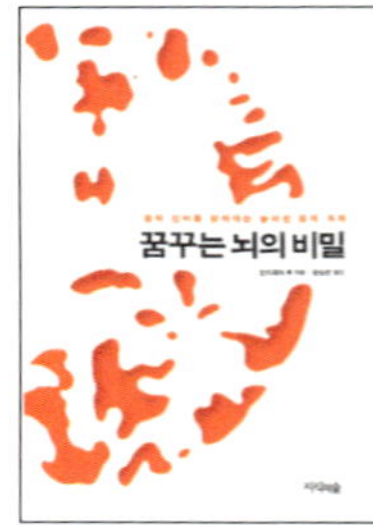

꿈꾸는 뇌의 비밀

안드레아 록 지음 | 윤상운 옮김 | 신국변형 양장 | 340쪽 | 13,800원

한국과학문화재단 선정 우수과학도서
꿈의 신비를 밝혀내는 놀라운 꿈의 과학

프로이트와 융의 꿈 이론 이후 꿈에 대한 연구는 엄청난 발전을 거듭했다. 특히 뇌 영상 기술의 발달과 더불어 신경과학을 중심으로 한 꿈 연구는 최고의 수준에 이르렀다. 많은 언론상을 수상한 과학 저널리스트이자 저술가인 안드레아 록은 흥미로운 과학적 꿈 연구의 역사를 간략하게 조망하면서 꿈에 관련된 재미있고 다양한 이야기를 들려준다.

저자는 잠과 꿈에 대해 진행된 최신 연구들과 심리학, 생리학, 신경학, 생물학계의 상반되는 주장을 때로는 과학자들과의 인터뷰를 통해, 때로는 스스로 실험의 대상이 되어 흥미진진하게 소개한다. – 동아일보

과학의 힘으로 꿈의 신비를 하나하나 벗겨나가는 과정을 다룬 과학자들의 꿈 탐험기 – 중앙일보

지구의 삶과 죽음

피터 워드 외 지음 | 이창희 옮김 | 신국변형 양장 | 332쪽 | 13,900원

지구의 탄생과 죽음,
인류의 미래를 생생하게 그려낸 놀라운 보고서

이 책은 동물과 식물의 멸종, 우주로 조금씩 날아가 결국 말라버리는 바다, 뜨거운 수증기로 가득 차 숨도 쉴 수 없는 대기, 끊임없이 팽창하는 태양과 불덩어리가 되어 결국엔 흔적도 없이 녹아 사라져버릴 지구, 그리고 그 지구에서 살아남아 문명을 보존하려는 인류의 사투를 매혹적으로 그린 '최초의 지구 전기'이다.

동물과 식물이 멸종하고 바다는 말라버리며 뜨거운 수증기로 가득 차 오르다가 녹아 사라져 버릴 운명? 바로 우리가 사는 지구에 관한 유려한 전기(傳記)다. – 조선일보

미국 워싱턴 대학의 고생물학(피터 워드) 및 천문학(도널드 브라운리) 권위자인 두 교수가 지구와 우주의 현재를 진단하고 미래를 예측한다. – 한국일보

부와 권력의 대이동

클라이드 프레스토위츠 지음 | 이문희 옮김 | 신국변형 | 536쪽 | 19,800원

30억 아시아 신경제인의 부흥과 세계 경제의 미래

세계적인 통상 전문가이자 워싱턴 D.C.의 경제전략연구소 (ESI) 소장인 저자는 초강국 미국의 세계 지배가 계속될 것이라는 믿음이 왜 신기루에 지나지 않은지를 조목조목 반박한다. 또한 중국, 인도, 옛 소련의 30억 인구가 새롭게 자본주의에 편입되면서 자본주의 경제체제에 어떤 지각변동이 일어날지를 명확하게 보여준다. 또한 세계화와 다가올 미래에 대한 치밀한 분석과 예측을 제시한다.

우리나라 경제의 앞날을 가늠하는 데 이보다 훌륭한 책은 없다.
—한승수(前 외교통상부 장관)

무한 경쟁 속에서 새로운 생존 전략을 모색해야 하는 한국인들의 필독서
—문정인(연세대 정외과 교수)

중국과 인도가 아시아의 다른 나라들과 함께 어떻게 급격한 경제 발전의 물살을 타는지를 정확히 분석했다. —조석래(효성그룹 회장)

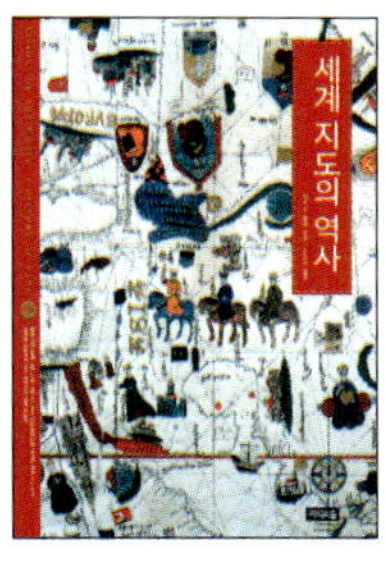

세계 지도의 역사

제러미 블랙 지음 | 김요한 옮김 | 국배판 양장 | 216쪽 | 25,000원

한 장의 지도 속에 담겨 있는 세계 역사와 문화

들소 뿔에 그린 그림 지도에서부터 기원전 600년경 고대 바빌로니아인들이 점토판에 그린 메소포타미아 원형 지도, 그리고 오늘날 최첨단 위성 이미지로 제작된 달 표면과 은하계 지도에 이르기까지, 90여 장의 사진과 그림을 통해 지도에 얽힌 여러 가지 이야기들을 흥미롭게 전한다.

물개 가죽 위에 그린 고대 지도에서 최첨단 우주 지도까지, 90여 장의 지도 사진과 함께 세계관과 정치성까지 읽어내는 지도 통사(通史) — 조선일보

지도는 언제부터, 어떻게, 왜 만들어지기 시작했을까? 최초의 지도는 어떤 모양이었을까? 이 책은 지도를 둘러싼 이러한 많은 궁금증들을 풀어준다.
— 경향신문

콜럼버스가 바꾼 세계

앨프리드 W. 크로스비 지음 | 김기윤 옮김 | 신국변형 반양장 | 424쪽 | 19,800원

신대륙 발견 이후 세계를 변화시킨 흥미로운 교환의 역사

물질 문화사와 환경사라는 역사학 장르를 개척한 미국의 저명한 과학사학자 앨프리드 W. 크로스비의 기념비적인 역작. 이 책은 콜럼버스의 신대륙 발견 이후 신세계와 구세계 사이를 사람들이 오가면서 동식물들이 옮겨져 재배·사육되고, 다양한 병원 미생물들이 서로 교환되면서 신세계와 구세계의 사회와 문화를 어떻게 변화시켰는지를 흥미롭게 고찰하고 있다.

콜럼버스 사후 500주년을 맞아 구세계와 신세계 간의 동식물과 질병 등의 교환에 주목하며, 역사학자들이나 경제학자들이 간과했던 콜럼버스 항해의 의미를 되살린다. – 조선일보

칼과 총이 아닌 세균, 동물, 식물 등 전방위 시각에서 신대륙 발견의 공과를 따지고, 아메리카 원주민이 힘도 쓰지 못하고 급속하게 무너진 이유를 생물, 환경의 넓은 틀로 돌아본다. – 중앙일보

틱낫한이 전하는 마음의 평안, 정(情)

틱낫한 지음 | 허문명 옮김 | 신국변형 | 212쪽 | 9,800원

두려움에서 벗어나 마음의 자유를 누려라

관계 회복과 마음의 평안을 구하는 이들에게 우리시대의 위대한 스승 틱낫한 스님이 전하는 변화와 치유의 메시지. 이 책에서 틱낫한 스님은 크게는 테러리즘, 작게는 일상생활에서 우리가 매일 겪는 두려움에 어떻게 대응해야 하는지, 그리고 그 두려움을 벗고 마음의 자유를 누리기 위해 우리가 무엇을 해야 하고 무엇을 하지 말아야 하는지를 말해 준다.

이웃과 더불어 함께 살아가는 우리들에게 사랑이 담긴 경청과 연민을 한결같이 강조하는 틱낫한 스님의 말씀은 우리 모두가 마음에 새겨야 할 이 시대의 지침입니다. —이해인(수녀, 시인)

틱낫한 스님의 말씀처럼 우리 모두는 한 송이 아름다운 꽃입니다. 힘들어 잠시 아름다움을 잃어버린 꽃에게 용기를 주는 일, 더불어 사는 우리가 서로에게 해야 하는 일입니다. —고도원('고도원의 아침편지')

부처님이 보여주신 삶의 기본적인 필수품들에 대한 감사의 마음을 이해함으로써 우리는 물질세계와 친근하게 지낼 수 있는 새로운 방법을 배우게 될 것입니다.

금강경에서 찾아본 삶의 물질적인 면

『금강경』에 이런 이야기가 있습니다.

"식사 시간이 되자 부처님께서는 가사를 걸치신 후 발우를 들고 슈라바스티 마을로 가셨다. 마을을 돌면서 탁발을 한 다음, 다시 계시던 곳으로 돌아오셨다. 식사가 끝나자 가사와 발우를 정리하고 발을 씻은 후 다시 결가부좌를 하고 자리에 앉으셨다."

이것은 부처님의 일상생활을 기록한 『금강경』의 시작 부분입니다. 겉으로 보면 부처님의 일상생활은 그다지 특별해 보이지 않습니다. 하지만 깊이 생각해보면 부처님의 행동은 우리에게 일상생활을 어떻게 영위해야 하며 일반적이고 평범한 방법이 아닌 초월적인 방법을 사용하여 물질세계와 교류하는 우리의 능력을 확대하는 방법에 대해 일러주고 있다는 것을 알 수 있습니다.

가사를 걸치고 공양을 위해 발우를 챙기는 것은 계율을 지키는 것을 의미합니다. 탁발을 위해 슈라바스티 성으로 들어감으로써 음식을 제공하는 사람들에게 부처님에게 관대함을 베풀 수 있는 기회를 주고 있습니다. 차례차례 집을 방문하여 탁발하는 것은 개인적인 기호를 따지지 않고 모든 집을 차례로 방문하는 탁발의 오랜 관습을 따른 것입니다.

부처님께서는 사람들이 주는 음식을 가리지 않고 감사하는 마음으로 드셨습니다. 이것 또한 인내하는 모습입니다. 음식을 먹고 가사와 발우를 정리하고 발을 씻는 모습은 근면함을 나타냅니다. 결가부좌를 하고 앉는 것은 명상에 집중하는 모습을 의미합니다. 부처님께서는 자신의 일상생활 모습을 통해 삶의 기본적인 네 가지 모습을 각각 보여주셨습니다.

부처님께서는 이 같은 방법으로 육바라밀(六波羅密, 위로는 깨달음을 구하고 아래로는 중생을 교화하는 보살의 수행 가운데 가장 대표적인 여섯 가지의 바라밀법. 보시(布施), 지계(持戒), 인욕(忍辱), 정진(精進), 선정(禪定), 지혜(智慧)의 여섯 가지가 있다―옮긴이 주)을 일상생활 속에서 실천하셨고 물질세계와 친근함을 이루셨습니다.

당나라 시대에 조주 선사에게 하루는 누군가 찾아와 불법을 듣고자 하였습니다. 선사는 "가서 먹어라."라고 대답했습니다. 또 다른 사람이 찾아와 불법을 청하자 "가서 그릇을 닦아라."라고 대답하였고, 세 번째 사람이 와서 선사에게 선(禪)의 위대함을 보여주기를 간청하자 "가서 마루를 닦아라."라고 하였습니다.

먹고, 그릇을 닦고, 마루를 청소하는 것은 우리의 평범한 일상생활의 모습입니다. 그렇다면 불법은 어디에 있을까요? 불법은 바로 우리들의 일상생활 속에 존재합니다. 많은 사람들은 매일 행동하고 생각하고 계획하는 그 모든 것들이 불법과 관련된 것임을 이해하지 못하고 살아갑니다. 일상생활과 자신들 주변에 있는 불법을 찾는 것에는 관심이 없고 오히려 불법을 찾아 먼 길을 떠나기도 합니다.

선불교의 역사를 살펴보면 먹고 청소하고 또는 밭을 갈다가 깨달음을 얻는 선사들의 이야기가 많이 나옵니다. 대나무 숲에 이는 바람소리를 듣다가 깨달음을 얻는 선사도 있고 어린아이의 울음소리를 듣고 득도를 이룬 선사도 있습니다. 진실을 추구할 때 경전을 공부하거나 덕망 있는 스승에게서 가르침을 받는 것도 중요하지만 일상의 평범한 생활을 소중히 여기는 것도 마찬가지로 중요합니다.

옷을 입고 음식을 먹고 잠을 자고 이곳저곳으로 옮겨 다니는 그런 일상적인 활동 속에서 충분히 마음을 집중하고 행동한다면 불법이 바로 우리 가까이 있음을 깨닫게 될 것입니다. 그리고 우리는 물질세계와 편안하고 행복한 관계를 만들 수 있을 것입니다.

곳곳에 존재하는 불법을 찾아내고 우리의 삶을 만들어 내는 것들과 친근한 관계를 이루는 방법은 무엇일까요? 먼저 의복에 대해 이야기해보겠습니다. 대부분 사람들은 자신이 어떻게 보이는지에 많은 관심을 갖고 있습니다. 아무 백화점이나 들어가서 살펴보십시오. 다양한 색깔과 재질, 다양한 스타일의 옷들이 너무 많아서 아마 혼란스러울 것입니다. 비용이 얼마가 드는지 상관없이 겉모습만 좋아 보이면 속이야 어떻든 신경 쓰지 않습니다.

비싼 옷을 입었다고 해서 내적인 망상이 가려지지는 않습니다. 자비로운 사람은 의복에 따라 상대방을 평가하고 대접하지 않습니다. 불교에서는 내적인 수양을 강조하고 자신을 우아하고 기품 있는 태도로 존중하라고 가르칩니다. 인간의 내적인 아름다움은 야생란과 같아서 멀리 떨어진 곳까지 향기가 퍼집니다.

부처님께서는 음식에 관해 말씀하시면서 인간의 육체는 서로 관련이 있는 4대 원소(불교에서 말하는 물질을 구성하고 있는 네 가지 구성 요소. 지(地, 흙의 요소) · 수(水, 물의 요소) · 화(火, 불의 요소) · 풍(風, 바람 공기의 요소)을 말한다—옮긴이 주)로 이루어져 있다고 하셨습니다. 인간의 육체가 본질적으로 공(空)한 것이라 해도 육체가 없으면 수행도 할 수 없기 때문에 자신의 몸을 돌봐야 합니다. 육체가 본래 공한 것임을 이해하게 되면 단지 몸을 건강하게 유지하기 위해 음식물을 섭취할 뿐 식탐을 부리지 않게 됩니다.

이런 이유로 부처님께서는 제자들에게 음식을 준비하느라 시간을 보내지 말고 대신 탁발을 하여 얻은 음식으로 식사하라고 하셨습니다. 최소한의 음식물을 섭취하는 일은 진지하게 마음을 들여다보게 만들고 다른 살아 있는 것을 해치고자 하는 생각을 사라지게 합니다.

비나야학파[律宗]의 홍일 대사는 항상 진지한 마음으로 음식을 대하는 것으로 유명합니다. 그는 한 번도 음식에 대해 불평한 적이 없었고 평상심을 잃지 않고 생활했습니다. 하루는 저녁을 먹고 있는 스님을 당대의 유명한 교육자이자 문장가였던 하면존(夏丏尊) 선생이 목격했습니다. 절인 야채 한 가지만으로 저녁을 드는 모습을 본 선생은 마음이 안 좋아서 스님께 물었습니다. "절인 야채만 드시면 너무 짜지 않으십니까?" 그러자 스님은 "짠 음식도 그 음식만의 맛이 있답니다." 라고 대답하였습니다. 식사가 끝나고 스님이 손수 물 한 잔을 떠서 마시는 것을 본 하 선생은 눈살을 찌푸리며 "차를 드시는 것이 어떻겠습니까? 맹물은 너무 밋밋하지 않습니까?"라고 물었습니다. 스님은 미소를 지으며 "예, 맹물은 밋밋하지요. 하지만 그 밋밋함도 맹물만의 고유한 맛입니다."라고 말하였습니다.

스님은 적게 바라고 크게 만족하면서 검소하게 살았습니다. 스님의 음식을 대하는 태도는 그가 진정으로 생활 속에서 불법을 적용하였음을 보여줄 뿐 아니라 선(禪)으로 가득 찬 삶이 얼마나 행복할 수 있는지를 보여주고 있습니다. 대부분 사람들은 생존에 필요한 기본적인 것 외에도 더 많은 것을 갖고자 욕심을 부리지만 스님은 자신이 가진 것을 즐거운 마음으로 누렸고 물질세계와 친근함을 이루는 훌륭한 사례를 보여주었습니다.

이제 집에 대해 우리가 갖고 있는 생각들을 알아보기로 하겠습니다. 대궐 같은 집에 사는 사람이 있는가 하면 작은 아파트에서 여러 식구가 모여 사는 사람도 있습니다. '낮에는 음식, 밤에는 침대'라는 사람에게 정말로 필요한 것이 무엇인가를 얘기하는 중국 속담이 있습니다. 만일 사람들이 자신이 필요한 것과 원하는 것을 분별할 수 있다면 살아가는 데 필요한 기본적인 것들은 그렇게 많지 않다는 것을 알게 될 것입니다. 펜트하우스에서 살건 또는 작은 아파트에서 살건 밤에 필요한 것은 단지 가로 1미터 세로 2미터 정도의 공간뿐입니다.

『논어』에 보면 공자의 제자 안회는 "한 공기의 밥, 한 표주박의 물, 누추한 거리의 잠자리로 이루어진 삶을 살았다. 많은 사람들은 그렇게 사는 것을 견디지 못하였지만 안회만은 그 안에서 즐거움을 찾기를 버리지 않았다."라고 나와 있습니다.

명나라의 태조 주원장은 황제가 되기 전에 잠시 행자승으로 생활한 적이 있었습니다. 어느 날 밤 외출했다 절에 돌아오니 시간이 늦어 문이 잠겨 있었습니다. 그래서 별 수 없이 땅바닥에서 잠을 자게 되었습니다. 땅바닥에 누워 하늘을 보던 주원장은 별이 쏟아지는 하늘을 보다가 영감을 얻어 다음과 같은 시를 지었습니다.

하늘은 천장이고, 땅은 요와 같으니
해와 달과 별이 나와 함께 잠드는구나
밤이 되어 나의 다리를 감히 뻗지 못하니
잘못하여 바다 밑에 가라앉은 하늘을 흩어놓을까 두렵구나

큰 집에 사는지 작은 집에 사는지는 중요하지 않습니다. 마음이 얼마나 넓은가 하는 점이 중요합니다. 이기적이고 불만에 가득한 사람들은 크고 좋은 집에 살고 있다 해도 항상 자신의 주변에 대해 만족하지 못합니다. 일상생활에서 부처님의 가르침을 실천한다면 우리가 어

떻게 살고 있건, 어디에 살고 어떤 일을 하건 상관없이 항상 자신에게
만족할 수 있을 것입니다.

자항(慈航) 법사는 "마음속에서 평화를 찾을 수 있는 사람은 동서남
북 어디에 있건 평화롭게 살 수 있다."라고 하였습니다. 이런 마음가짐
만 있다면 사람들은 자신이 어디에 있건 행복할 수 있을 것입니다. 부
처님의 제자 중 한 명인 마하가섭은 일생 동안 가난함을 실천했고 불
만스러움이나 불평이 생기지 않도록 종종 밤에 묘비 옆에서 잠을 자
기도 하였습니다.

우리는 멋지고 다양한 디자인의 자동차를 보면 마음이 많이 흔들리
곤 합니다. 자동차가 발명되기 전에는 사람들은 걷는 것과 자전거의
속도를 비교하면서 경탄하곤 했지만 이제 자동차가 보편화되자 자전
거는 느린 운송 수단으로 여겨지고 있습니다. 한편 자동차로 여행하
는 것은 비행기를 이용하는 것보다 엄청나게 느립니다. 비행기로 여
행할 때 우리는 착륙과 이륙하는 순간에도 그 속도감을 느끼지만 비
행이 계속되면 얼마나 빠른 속도로 날아가고 있는지 거의 알아채지
못합니다. 빠르게 가야 할지 천천히 가야 할지를 결정할 때 우리의 마
음가짐이 중요한 역할을 합니다. 그렇다면 가장 빠른 운송 수단은 무
엇일까요? 믿거나 말거나 그것은 바로 우리의 마음과 생각입니다.

『아미타경』에 "서쪽으로 10만 억 불국토(佛國土)를 지나면 하나의
세계가 있으니 그곳을 극락이라고 한다."라는 대목이 있습니다. 10만
억 불국토를 지나야 하는 그 머나먼 곳까지 어떻게 갈 수 있을까요?

이 의문에 대한 답 역시 『아미타경』에 나와 있습니다. '발원(發願)하는 그 순간에 누구나 극락에 다시 태어날 수 있으리라.' 이 말에서 우리는 마음과 생각의 놀라운 힘이 이해의 차원을 넘어선다는 것을 알 수 있습니다.

불법은 우리가 필요로 하는 것과 갖고 싶은 것 사이에 매우 큰 차이가 있다고 가르칩니다. 우리가 마음을 통제할 수 있을 때에는 옷이나 음식, 잠자리, 탈 것 등 우리를 둘러싸고 있는 것들에 탐닉하지 않도록 조절할 수 있습니다. 물질세계에 대한 자신의 태도를 개선하고 조절할 수 있는 방법이 바로 수행이며, 수행은 진실로 우리들에게 도처에 존재하는 불법을 제대로 볼 수 있도록 도와줍니다. 우리는 이제 우리의 삶의 다양한 모습을 긍정적으로 대하는 방법을 배우고 있는 중이며, 모든 존재와 모든 현상 사이에 본래부터 존재하던 친근함에 한발 가까워졌습니다. 일상생활 속에서 부처님의 가르침을 실천한다면 우리는 우리 자신 속에서 행복을 찾을 것이며 우리가 날 때부터 갖고 있던 주변과 화합할 수 있는 무한한 능력을 발견하게 될 것입니다.

아미타경에 나오는 물질적인 삶의 모습

영적인 삶을 살거나 부처님의 가르침을 실천한다고 하면 대부분 가난하게 살거나 어떤 물질적인 만족감도 누려서는 안 되는 것으로 오해합니다. 많은 사람들이 불교를 단지 모든 것은 공(空)한 것이라 하여 영적인 삶에 대해서만 이야기하고 보통 속세라고 부르는 실재하는 모든 것들은 무시한다고 생각합니다.

심지어 몇몇 사람들은 불교를 믿으면 좋은 옷이나 훌륭한 집을 포기해야 하는 것이 아닌가 하는 생각에 불교에 대해 마음을 열지 않으려 하고 합니다. 그들은 불교도가 되기 위해 모든 안락함을 포기해야 한다면 차라리 종교 갖기를 포기하겠다고 말합니다. 사실 불교도들의 수행 방법은 여러 가지가 있습니다. 수행의 깊은 의미를 이해하지 못하고 물질에 대한 소유를 금한다는 이야기만 지나치게 강조한다면 사람들은 모두 멀리 도망가고 말 것입니다. 『아미타경』에 보면 불교의 정신과 물질적인 안락함이 어떻게 조화를 이룰 수 있는지 그에 대한 이야기가 있습니다.

『아미타경』은 불교 정토교(淨土敎)의 유명한 경전인데 그 안에는 미륵불이 사시는 극락정토에 대한 자세한 설명이 나와 있습니다. 경전에 따르면 그곳은 금과 보석으로 장식된 웅대한 곳이며, 그곳에서의 삶은 너무나 숭고하여 우리의 상상을 뛰어넘을 정도라고 합니다.

『아미타경』과 그 안에 묘사된 정토에 대한 설명을 보면서 우리는 불교가 단지 고통만을 이야기하는 종교가 아니라는 것을 알 수 있습니다. 정토교의 핵심은 우리가 어떻게 해서 이러한 극락세계, 비할 바 없는 행복과 영원히 빛나는 극락세계에 다시 태어날 수 있는가 하는 점에 있습니다.

　불교에서 고통에 대해 말하고 있다는 점은 의문의 여지가 없습니다. 그러나 고통은 단지 사실적인 삶의 모습에 불과합니다. 불교에서는 여기서 한 걸음 더 나아가 고통을 수행의 한 형태로 바꾸는 방법에 대해 설명하고 있습니다. 하지만 고통과 수행을 같은 것으로 보지는 않습니다. 진정한 자유를 얻기 위해 고통을 이겨내야 한다거나 참된 수행을 실천하기 위해 가난하게 살아야 한다는 이야기도 아닙니다.

　필요한 것과 갖고 싶은 것을 구별해야 할 때 불교에서는 지나친 절제를 요구하지 않습니다. 자신에 대한 극단적인 고행은 생기 없고 지루하지만 불교에서 말하는 고행은 필요한 것과 갖고 싶은 것을 구별할 때 자신에게 지나치게 관대하지 말라는 의미입니다.

　욕망은 쉽게 탐욕이 될 수 있습니다. 안락한 집을 갖게 되면 그 다음엔 멋진 차를 원하게 됩니다. 지금 텔레비전을 갖고 있다면 다음엔 에어컨을 갖고 싶어집니다. 하나의 욕망에서 다른 욕망으로 옮겨가면서 우리는 영혼의 발전을 희생시켜가면서 물질세계에 노예처럼 속박되어집니다. 불교에서는 자신을 고행에 빠뜨리는 것도, 또 자신의 욕망에 너무 관대한 것도 인정하지 않습니다.

　『아미타경』에서는 극락정토에서 누릴 수 있는, 상상조차 할 수 없을 정도의 안락함에 대해 말하고 있는데 그것은 불법을 좀 더 깊이 수행하고 불교에 입문하는 것을 의미합니다. 자기만족이나 폭음, 폭식을 허용하는 것은 아닙니다. 『금강경』에 "집착함이 없이 마음을 내라."는 말이 있습니다. 이 말은 모든 것을 포기하라는 말이 아니고 중도(中道)

를 수행하라는 뜻입니다. 부처님께서는 자신을 극단적인 고행으로 몰고 가지도 말고 자신에게 지나치게 관대하지도 말라고 하셨습니다.

재물을 소유하고 사용하고 측정하기

재물이 우리가 피해야 할 치명적인 독이라는 것을 확실하게 이해했다면 이제 그 재물과 윤리적이고 유용한 관계를 맺는 방법에 대해 알아보겠습니다. 불교에서는 돈을 항상 윤리적으로 사용해야 하며 더 나은 인간 생활을 위해 사용해야 한다고 말하고 있습니다. 이런 기준에서 볼 때 물질적인 풍요함을 추구한다는 것은 부처님의 가르침에 어긋나는 행동이라 할 수 있습니다.

영어로 흔하게 하는 말 중에 돈이 사람들에게 미치는 영향이 강하다는 뜻의 "people mumble, money talks(사람은 중얼거리고 돈이 말한다)."라는 말이 있습니다. 불행하게도 몇몇 사람들은 돈의 유혹과 돈을 사용하는 방법으로 인해 자신의 도덕성을 손상시키거나 소중한 관계를 해치기도 합니다. 돈으로 인하여 생기는 문제들은 한때 서로 협조적이었고 소중했던 관계들을 갈라놓습니다. 우리는 유산 분배 문제로 인해 가족 간에 불화가 생겼다는 기사를 종종 접합니다.

만약 금전적인 문제를 다룰 때 윤리적이지 못하다면 설사 은행의 계좌에 돈이 넘쳐흐른다 해도 이것은 커다란 고통과 도덕적 파산을 위한 초석을 놓는 일과 같습니다. 금전적인 문제를 신중하게 다루고 도덕적인 면에서도 전혀 문제가 없도록 하기 위해서는 어떻게 해야 할까요? 저는 여러분들에게 재물을 크게 세 개의 영역으로 나누어 생각해볼 것을 권합니다. 이는 우리들이 돈으로 인해 건강하지 못한 관계를 맺는 것을 막아주고 그 대신 영적인 발전과 다른 사람들과의 깊은 친근함을 일으킬 수 있도록 도와주고 동시에 행운을 만드는 방법도 알게 해줍니다.

재물을 소유하기

대부분 사람들이 안락한 삶을 원하며 부자가 되기를 원치 않는 사람은 하나도 없습니다. 인과응보의 법칙에 의해 재물의 업보를 가진 사람은 부자가 될 수 있습니다. 원인은 언제나 결과를 가져옵니다. 얼마나 많은 재물을 가질 수 있는가 하는 문제는 얼마나 열심히 일했으며 그 사람의 업보가 어떠한가에 따라 결정됩니다. 많은 재물을 가진 부자는 신이 만들어주는 것이 아닙니다. 여러분이 과거에 얼마나 관대하였는가에 따라 결정되어집니다.

보시는 부자가 되는 씨앗이며 열심히 일하는 것은 그 씨앗이 열매를 맺도록 도와주는 영양분과 같습니다. 과거를 바꿀 수는 없습니다. 그러나 현재 어떻게 살고 있느냐에 따라 자신의 미래를 만들어갈 수는 있습니다. 우리가 백만 달러를 만지는 운명을 타고났다 해도 그 업의 씨앗이 뿌려지지 않는다면 우리는 백만장자가 될 수 없습니다. 다음에 나오는 중국 동화는 이 말을 잘 설명해주고 있습니다.

옛날에 한 거지가 복권을 샀는데 당첨이 되었습니다. 거지는 말할 수 없이 행복했습니다. 그 당시에는 당첨이 되고 나서 보름 정도를 기다렸다가 당첨금을 타갈 수 있었습니다. 거지는 길에서 살고 있었으므로 복권을 숨겨둘 만한 적당한 곳을 찾을 수 없어서 자신의 낡은 지팡이 속에 복권을 숨겨두었습니다. 며칠 후 어느 날 그는 돈을 받으면 무엇을 할까 하는 공상에 빠지기 시작했습니다. 차를 살까? 집을 살까? 비싼 가구를 사면 어떨까? 거지는 모든 것을 갖고 싶었습니다. 이제 결혼도 할 수 있겠다는 생각이 든 거지는 곧 안정된 생활을 하고 가족을 데리고 해외여행도 하는 상상을 하다가 정신을 차려보니 부두에 나와 있었습니다.

부두에 서서 파도가 넘실거리는 바다를 바라보면서 미래의 자신을 상상하고 있자니 더 이상 상금을 기다릴 수 없을 지경이 되었습니다. 갑자기 그의 눈에 자신의 낡은 지팡이가 들어왔습니다. 그것은 마치 자신이 누구였는지를 확인시켜주는 것 같아 매우 역겹게 느껴졌습니다. 그는 지팡이를 머리 위로 들어 있는 힘을 다해 바다 속으로 던져 버렸습니다. 그리고는 넘실거리는 파도를 타고 사라지는 지팡이를 향해 가난했던 지난날에 대한 억눌린 분노를 터뜨리며 "지금 이 순간부터 나는 부자야. 저렇게 낡은 지팡이는 더 이상 필요 없어."라고 외쳤습니다.

당첨금을 받는 날 비로소 거지는 자신이 바다에 던져 버린 그 지팡이 속에 복권을 숨겨 두었다는 것을 기억해 내었습니다. 거지는 그만 미쳐버리고 말았습니다. 부자가 되려는 그의 꿈은 거의 실현될 뻔 하였지만 다시 영영 멀어지고 말았습니다.

그렇다면 부자가 되는 업보의 씨앗은 어떻게 심는 것일까요? 경전에 나오는 이야기를 하나 들려드리겠습니다. 논의(論議)에 관한 한 탁월한 재능을 가진 것으로 알려진 마하가연(摩詞迦延)은 부처님의 제자 중 한 사람이었습니다. 어느 날 마하가연이 탁발을 돌고 있을 때 한 가난하고 나이든 여인을 만나게 되었습니다. 그는 여인에게 다가가 "나는 이곳에서 탁발을 하고 있습니다. 음식을 좀 주실 수 있을까요?"라고 물었습니다. 그녀는 얼굴을 찌푸리며 "내가 먹을 음식도 없는데 어떻게 당신에게 음식을 줄 수 있단 말입니까?"라고 대답하였습니다. "당신은 자신이 가난하다고 말했는데 그 가난을 내게 주면 어떻겠소?" 여인을 자신의 귀를 의심하면서 "뭐라고요? 가난을 어떻게 나누어줄 수 있단 말이요? 누가 그것을 가져가려 하겠습니까?"라고 물었습니다. "나에게 주시오. 나는 그것을 원하고 있습니다." 하고 마하가연이 대답하였습니다. "아니 그걸 어떻게 당신에게 준단 말입니까?" 마하가연은 "당신은 보시를 하였소. 보시를 하는 순간 당신은 부자가 되는 업보의 씨를 뿌린 것과 같다오."라고 설명하였습니다.

부자가 되고 싶다는 소원은 쉽게 이루어지지 않습니다. 부처님께서는 만약 부자가 되고 싶다면 마땅히 보시를 함으로써 부자가 되는 업보의 씨를 심어야 한다고 하셨습니다. 앞에서 보시를 한다는 것은 단지 돈이나 물질적인 것만을 베푸는 것이 아니라는 이야기를 했습니다. 자신의 시간, 사랑 또는 자비심을 베푸는 것도 남에게 보시하는 것입니다. 그러므로 우리는 모두 부자가 되는 업보의 씨앗을 뿌리는 능력과 방법을 갖고 있는 셈입니다. 부처님께서는 보시를 통해 부자가 되는 업보의 씨앗을 뿌리는 이야기를 하셨고, 동시에 윤리적인 방법으로 부를 모아야 한다는 말씀도 하셨습니다. 『아함경』에 부당한 방법으로 얻은 재물은 독사의 독과 같다는 것을 보여주는 이야기가 있습니다.

어느 날 부처님과 아난다는 탁발을 돌다가 길에 황금 덩어리다 떨어져 있는 것을 발견했습니다. 부처님은 황금을 가리키며 "아난다여, 보라. 저기 독사가 있구나."라고 말씀하셨습니다. 황금을 본 아난다는 "스승이시여, 알겠습니다. 저것은 독사가 분명합니다."라고 대답하였습니다. 대답을 들은 부처님을 고개를 끄덕이셨고 두 사람은 탁발을 계속하였습니다.

이때 한 아버지와 아들이 가까운 들판에서 일을 하고 있었습니다. 부처님과 아난다의 대화를 들은 그들은 궁금해져서 뱀이 있는지 직접 확인해보기로 하였습니다. 부처님과 아난다가 서 있던 곳에 가본 아버지와 아들은 그것이 뱀이 아니고 황금 덩어리인 것을 보고는 너무나 놀라고 기뻐했습니다. 흥분한 아버지는 아들에게 "이것은 뱀이 아니다. 부처님께서 잘못 보신 거야. 이것은 황금 덩어리구나."라고 말하고 황금 덩어리를 주어들고 집으로 돌아갔습니다.

이 황금은 원래는 임금님의 것이었는데 도둑이 훔쳐 달아나다가 길에 떨어뜨린 것이었습니다. 잃어버린 황금이 농부의 집에 있다는 것을 알게 된 임금은 그를 도둑이라고 의심하고 잡아들였습니다. 그제야 농부는 정당하지 못한 방법으로 얻은 재물은 마치 독사의 독처럼 치명적이고 위험하다는 사실을 깨달았습니다.

부처님께서는 바르게 생활하는 태도로 팔정도(八正道)를 말씀하셨습니다. 정직하고 윤리적으로 살아야 하고 사행성 있는 일에 관여하거나 마약, 살아 있는 생물, 무기를 파는 일에 관여하지 말라고 하셨습니다. 또한 점쟁이를 찾아가거나 손금을 보거나 풍수를 따지지 말라고 하셨습니다. 이들은 모두 부처님의 말씀을 따르지 않는 행동이며 상호의존적인 관계에 놓인 인연의 가르침에 모순되는 행위입니다.

인광 대사는 정당한 방법으로 재물을 얻어야 하는 중요성을 몸소 보여주었습니다. 오래 전 대사가 푸퉈 산[普陀山, 관음보살 도량지. 불교 4대 명산 중 하나―옮긴이 주]에 살고 있을 때의 이야기입니다. 일본군이 쳐들어오자 대사의 제자 중 한 사람이 대사에게 홍콩으로 와서 불법을 펼쳐줄 것을 요청하였습니다. 이 제자는 크게 성공한 사업가였고 스님에게 처소로 쓸 만한 집까지 제공하겠다고 하였습니다. 대사는 비록 자신이 이제 푸퉈 산과의 인연이 다하여 그곳을 떠나야 할 때가 되었다는 것을 느끼고 있었지만 제자가 술을 팔아 부자가 되었음을 알고 있었으므로 그의 초청을 받아들일 수가 없었습니다.

대사는 그 제안을 거절하고 제자에게 이렇게 말했습니다. "만일 네가 진실로 나를 초청하고 싶다면 술 파는 일을 당장 그만두어라. 술을

파는 행위는 바른 생활을 하는 것이 아니고 팔정도의 가르침과도 맞지 않는 일이다. 이런 까닭에 나는 네 제안을 받아들일 수가 없구나."

만일 우리가 윤리적인 태도를 포기한다면 재물과 건강한 관계를 맺을 수 있는 기회를 져버리는 것과 같습니다. 또 앞의 이야기에서 볼 수 있는 것처럼 다른 사람들과의 친근함에도 영향을 주게 됩니다. 그러므로 보시를 통해 부자가 되는 업보의 씨앗을 뿌리고 정당한 방법으로 재물을 얻으려고 한다면 재물과의 친근한 관계를 우리 힘으로 이룰 수 있게 될 것입니다.

재물을 사용하기

불교에서는 물질세계에 집착하지 말라고 가르치지만 그것이 물질을 멀리한다는 뜻은 아닙니다. 몇몇 사람들은 수행을 하거나 영적인 생활을 하는 사람들은 반드시 가난한 생활을 해야 한다고 믿습니다. 이것은 전혀 사실이 아닙니다. 재물 자체는 어떤 윤리적 가치도 갖고 있지 않습니다. 비도덕적인 방법으로 재물을 얻으려 하는 것은 재물을 제대로 사용하지 못하는 것과 마찬가지로 어려움을 일으키고 악명만 높아지게 만듭니다. 적절하게 사용한다면 돈은 더 나은 사회를 만들고 친근한 관계를 많이 만들 수 있습니다. 돈을 독사에 비유하기도 하지만 반면에 불법을 널리 전하는 일에 그 돈을 사용할 수 있는 것도 사실입니다.

예를 들어 젊은 세대들에게 불법을 전파하는 일에 매진할 것을 계속 독려하려면 그들에게 좋은 교육을 시킬 필요가 있습니다. 그들을 위한 학교를 세워야 하고 이 일을 하려면 돈이 필요합니다. 선생님을 모셔오는 일에도 돈이 필요합니다. 충분한 재원을 확보해서 장학 재단을 설립한다면 돈이 없어 공부할 기회를 얻지 못하는 사람들에게 교육받을 기회를 제공할 수 있습니다.

미래의 세대들에게 부처님의 빛나는 가르침을 전하기 위해서는 계속적인 교육이 이루어져야 합니다. 돈은 독이 되거나 또는 소중한 도구가 될 수도 있고 화합을 가져오거나 불화를 가져올 수도 있습니다. 또한 다른 사람들과 친근한 관계를 만들어주기도 하고 그 관계를 깨뜨리기도 합니다. 하지만 이런 문제는 전적으로 돈이 어떻게 쓰이는가에 달려 있습니다.

전에 《월스트리트 저널》에 '현대의 보살'이라는 제목으로 자신의 재산을 자신을 위해 쓰지 않고 청년들을 교육시키는 데 사용한 한 남자의 이야기가 실린 적이 있었습니다. 이 이야기의 주인공은 조 맥키빈(Dr. Joe McKibben)이라는 외과 의사인데 그는 오자크(Ozarks, 미국 미주리 주 남부에서 아칸소 주 북서부에 걸쳐 있는 고원 지대—옮긴이 주)의 한 대학에 천이백 만 달러를 기증했습니다. 대학에서는 이 돈으로 약 천오백 명의 저소득층 학생에게 근로 장학금 형식으로 수업료를 감면해주었습니다. 이 말을 듣고 "글쎄, 외과 의사라면 돈을 많이 벌잖아. 그 정도 기부하는 일은 별거 아니었을 텐데. 뭘."이라고 말하는 사람들도 있을 것입니다. 하지만 이 이야기를 감동스럽게 만드는 것은 맥키빈 박사가 몇 년간 자신의 사재를 모아 장학금을 기부했다는 개인적인 희생에 관한 부분입니다.

의사이고 원하는 곳에서 살 수 있는 능력도 있었지만 맥키빈 박사는 침실이 하나인 아파트에서 소박한 이웃들과 함께 살았습니다. 그는 검소했고 때때로 이웃들이 쓰다버린 물건을 주워서 재생해 사용하기도 했습니다. 친구와 점심을 먹게 되면 할인점에 가서 한 개 값으로 두 개를 주는 서브마린 샌드위치(submarine sandwich)를 사먹었습니다. 또 그는 음료수를 마시는 것은 쓸데없는 낭비라고 생각하여 식사할 때에는 물을 마셨습니다.

그는 재물운도 있어서 각종 투자를 통해 많은 이익을 얻었습니다. 맥커빈 박사는 평생 독신이었는데 죽을 때에 자신의 재산을 모두 학생들을 위해 써달라고 기증했습니다. 재물을 어떻게 써야 하며 다른 사람에게 어떻게 베풀어야 하는지에 대한 좋은 실례라고 할 수 있습니다.

경전을 보면 부처님께서 돈을 어떻게 사용해야 하는지에 대해 말씀하셨던 부분이 나옵니다. 우리는 버는 돈을 다양한 방식으로 사용할 수 있습니다. 부모님을 편안하게 모시는 데도 쓰고 배우자와 아이들을 위한 안락한 집을 구하기도 합니다. 또 아이들에게 질적으로 우수한 교육을 시키기도 하고, 수입을 늘리기 위한 투자를 하거나 은퇴를 위해 저축을 하고, 어려운 이들을 위해 기부할 수도 있습니다.

이것들이 돈을 유용하게 쓰는 방법에 딱 들어맞지 않는다 해도 돈을 현명하고 사려 깊게 쓰는 방법에 대한 가이드라인은 될 수 있을 것입니다. 돈을 사용해야 할 때 적정한 액수가 얼마인가를 결정하는 것은 각자의 처지에 따라 달라질 수 있습니다.

재물을 측정하기

재물을 측정하는 방법에는 여러 가지가 있습니다. 얼마나 많은 물질적 재산을 갖고 있느냐를 부의 기준으로 삼는 사람이 있는가 하면 은행 잔고에 얼마의 돈이 있느냐를 부의 기준으로 삼는 사람도 있습니다. 제가 갖고 있는 부의 기준은 이런 것과는 다릅니다. 저는 2차 세계대전이 한창이던 소란스러웠던 시기에 중국에서 도망 나와 대만에 처음 도착했을 때의 그 궁핍했던 생활을 아직도 기억하고 있습니다. 제가 가진 것이라곤 신고 있던 나막신과 꼭 필요한 옷가지 몇 벌뿐이었습니다. 상주할 수 있는 곳을 찾아 이 절 저 절을 찾아다니면서 여러 번 거절도 당하였습니다. 그 시절에는 모든 절이 기존에 살고 있는 식구들을 먹여 살리기도 힘들었던 때였기에 새로운 스님을 받아들이기를 꺼려할 수밖에 없었습니다.

며칠을 굶으면서 지내기도 하다가 마침내 신주[新竹] 지방에 있는 한 절에 도착하였습니다. 그 절의 주지인 묘과화상(妙果和尙)은 자비로운 분이셨고 저를 받아주었습니다. 저는 매우 기뻤고 제가 할 수 있는 한 어떤 도움이라도 드리고 싶었습니다. 교육하는 일 외에 저는 또한 공동으로 사용하는 우물에서 물을 길어오는 일을 맡았습니다. 매일 백 통이 넘는 물을 길어야 했지만 기꺼이 즐거운 마음으로 그 일을 했습니다. 비록 많은 재산을 갖고 있지는 않았지만 저는 매우 행복하고 만족스러웠습니다. 해가 뜨기 전 채소를 구입하러 시장에 갈 때면 하늘에 떠 있는 별들이 저와 동행해주었습니다. 꽃과 나무들도 저를 즐겁게 해주었습니다. 제가 어디로든 갈 수 있도록 길이 나 있었으며 여러 계층의 다양한 사람들을 만날 수도 있었습니다. 아무것도 가진 것은 없지만 우주가 제게 준 갖가지 환경과 새롭게 사귄 친구들과의 행복한 관계를 누릴 수 있었습니다. 이런 친근함 속에서 어떻게 '나는 가난한 사람이야.'라는 생각을 할 수 있겠습니까?

한 사람이 가진 돈의 액수가 그 사람이 가진 행복의 양과 같다고 할 수는 없습니다. 부자들이 끼니 걱정을 하지 않는 것은 사실이지만 그 부를 지키고 더 키우기 위해 전전긍긍합니다. 하지만 가난하고 소박한 사람들은 그런 걱정을 하지 않아도 됩니다. 근면함과 자존심을 잃지 않는 한 그들은 당당하게 설 수 있고 자부심을 가질 수 있습니다.

여러분에게 우화 하나를 들려드리겠습니다. 옛날에 시내가 한눈에 내려다보이는 높은 집에 한 부자가 살고 있었습니다. 그에게는 어린 시절부터 함께 한 친구가 있었는데 친구는 비록 가난하지만 행복하게 살고 있었습니다. 친구에게는 가족을 위해 희생하는 남편에게 감사한 마음을 갖고 남편을 늘 존경하는 사랑스러운 부인이 있었습니다. 부자는 성공한 사업가였는데 일을 하고 사람들을 만나느라 많은 날을 집 밖에서 지낼 수밖에 없었습니다. 부자는 친구의 소박한 생활을 너무나 부러워하면서 '내가 즐기지 못한다면 이 많은 돈을 가진다는 것이 무슨 의미가 있을까? 내 친구는 가난하지만 부인과 함께 저렇게 즐겁게 살고 있는데. 가끔은 친구가 부럽기도 하구나.'라고 생각하였습니다.

어느 날 누군가가 부자에게 "당신이 정말로 당신의 친구처럼 살고 싶다면 당신이 가진 돈을 친구에게 나누어주시오."라고 충고했습니다. 부자는 그 얘기를 듣고 기뻐하며 친구에게 이십만 달러의 돈을 주었습니다. 그 돈은 부자가 가진 재산에 비하면 아무것도 아니었습니다. 가난한 부부는 몹시 흥분했습니다. 이 돈이야말로 그들에게 주어진 최고의 선물이라고 생각했습니다. 하지만 밤이 되자 부부는 새로 생긴 재산을 어떻게 지켜야 할지 고민하기 시작했습니다. 서랍에 넣어둘까? 누군가가 훔쳐갈지도 모르지. 매트리스 밑은 어떨까? 그곳도 그리 안전한 곳은 아니라는 생각이 드는데. 자신들에게 주어진 행운을 지키느라 부부는 밤새 한잠도 잘 수가 없었습니다.

며칠이 지나자 부부는 이번에는 돈을 어떻게 쓸까 하는 문제로 다투기 시작했습니다. 부인은 이것을 사고 싶어 하는데 남편은 다른 것을 원하였습니다. 다툼이 커지면서 결혼 생활을 유지할 수 없을 정도로 상태가 악화되었습니다. 곰곰이 생각한 부부는 이 모든 문제가 돈을 받으면서부터 생긴 것임을 깨닫고 친구에게 그 돈을 돌려주기로 했습니다.

물론 이것은 이야기입니다. 하지만 이 이야기 안에는 귀중한 교훈

이 담겨 있습니다. 돈은 많은 문젯거리를 해결할 수도 있지만 마찬가지로 그만큼의 새로운 문젯거리도 만들어 냅니다. 행복이란 은행에 얼마나 많은 돈을 넣어두었느냐에 있는 것이 아니라 자신이 맺고 있는 관계가 어떤 상태인가, 또 그와 마찬가지로 자신에 대해 어떻게 느끼고 있는가 하는 것과 얼마나 고결한 인격을 갖고 있느냐에 달려 있습니다.

현상세계에서는 모든 것이 변합니다. 부와 가난도 예외가 아닙니다. 부자가 가난해질 수 있고 가난한 자가 부자가 될 수도 있습니다. 부처님께서는 우리가 가진 재산은 우리에게 속한 것이 아니라 다섯 개의 집단에 속해 있다고 말씀하셨습니다. 다섯 집단이란 물, 불, 도둑, 부패한 정부 그리고 방탕한 자식들을 가리킵니다. 물과 불은 수많은 세월에 걸쳐 이루어놓은 재산을 한순간에 파괴할 수 있습니다.

우리는 때때로 신문 기사를 통해 노인들을 노린 사기 사건으로 모든 재산을 빼앗긴 피해자들의 이야기를 접합니다. 정부 정책과 전쟁은 부의 모습을 바꾸어놓을 수 있고 아무리 많은 재산이 있어도 돈을 헤프게 쓰는 자식들이 있다면 마찬가지로 처지가 바뀔 수 있습니다. "이건 내 것이야." 또는 "나는 이것을 소유했어."라고 달할 때 사람들이 가진 재산과 사람의 관계는 점점 빈약해져갑니다.

인간은 빈손으로 이 세상에 왔다가 빈손으로 떠납니다. 경전에서는 "우리는 아무것도 가질 수 없다. 오직 곳곳에 우리의 업보만이 있을 뿐." 이라고 말하고 있습니다. 이 말을 분명히 알고 있다 해도 가슴에 새겨

둘 필요를 느끼는 사람은 많지 않습니다.

부처님께서는 우리가 재물에 대해 어떤 태도를 가져야 하는지 몸소 보여주셨습니다. 부처님은 초라한 의복을 걸치면서도 마치 좋은 옷을 입은 것처럼 기뻐하셨습니다. 탁발을 돌면서 여기저기서 모아온 음식을 들면서도 마치 대단한 손님 대접을 받는 것처럼 즐거워하셨고, 나무 아래서 잠을 청하면서 마치 궁전 침실에 자는 것처럼 편안해 하셨습니다. 가끔 홀로 지내기도 하였지만 많은 시간을 그를 따르는 제자들과 함께 하셨습니다. 부처님께서는 언제나 주어진 환경에 만족하셨습니다. 부유함과 가난함, 조잡한 것과 훌륭한 것, 명성이나 거절은 부처님 안에는 존재하지 않았습니다. 이것이 진정한 물질세계와의 친근함입니다.

만일 얼마나 많은 재산을 가졌느냐에 따라 부를 가늠한다면 우리는 절대 만족할 수 없을 것입니다. 욕망이란 밑 빠진 독이고 종종 상대적으로 갖고 싶은 것과 절대적으로 필요하지 않은 것 사이의 게임과도 같습니다. 자동차나 책, 수돗물처럼 이제는 모두가 당연하게 여기는 편의 시설들이 불과 몇 년 전만 해도 부유한 사람들이나 가질 수 있는 것이었습니다. 만일 우리가 지난 세기에 살았다면 아마도 차가 있다면 얼마나 좋을까, 또 책을 가질 수 있고 수도를 놓을 수 있다면 얼마나 행복할까 하고 생각했을 것입니다. 이제 대부분의 사람들이 이 현대적인 편의 시설을 모두 누리고 있음에도 사람들은 더 많은 것을 요구합니다. 아무리 많이 가졌다 해도 마음의 평화를 얻지 못한다면 우리는 언제나 더 많은 것을 요구하게 될 것입니다.

금전적인 면에서 가난하다는 것과 정신적인 면에서 부족하다는 것
은 완전히 다른 이야기입니다. 사람들은 가장 커다란 재산인 불성(佛性)
이 마음속에 존재하고 있는데도 늘 자신의 밖에서만 재물을 찾아다닙
니다. 우리의 마음과 생각 속에 자리 잡고 있는 그 보물 상자는 마르
지 않는 보물 상자이고, 이 마음속의 보물을 캐낼 수 있느냐 하는 것
은 우리들에게 달려 있습니다. 내 안에 있는 보물 상자를 발견하고 그
곳에 이르는 길을 알게 된다면 우리는 진정한 의미의 부자가 될 것입
니다.

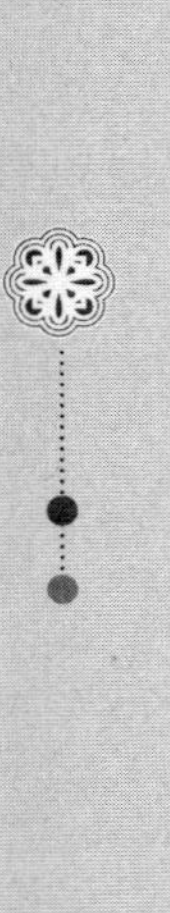

제5장

시간과 공간과 친근하게 지내기

앞 장에서 우리는 물질세계와 우리와의 관계의 깊이나 정도의 차이는 궁핍함 속에서 뒹구느냐 아니면 풍요로움 속에서 기쁘게 생각하느냐에 따라 결정된다는 것을 알게 되었습니다. 재물과 친근하게 지낼 수 있는지 없는지는 마찬가지로 이기적인 마음으로 재물을 대하느냐 또는 욕심 없이 재물을 바라보느냐에 따라 결정됩니다. 공간과 시간도 같은 방식으로 생각할 수 있습니다. 어떤 마음으로 얼마나 진지하게 공간과 시간을 대하느냐에 따라 작고 제한된 범위에 갇히기도 하고 무한히 넓은 세상을 자유롭게 누빌 수 있게 되기도 합니다.

공간과 시간을 대하는 시각을 바꾼다면, 다시 말해 시간과 공간을 좀 더 친근하게 대할 수 있다면 우리의 생각과 행동은 다른 사람들에게 도움을 줄 것이고, 궁극적으로 인류를 더 나은 생활로 이끌 수 있을 것입니다. 하지만 불행하게도 많은 사람들은 공간과 시간을 이해할 수 있는 진정한 능력을 미처 깨닫지 못한 채 전통적이고 편협한 인식에 사로잡힌 채 살아갑니다.

그런 이유로 어떻게 살아야 할까 고민할 때 우리는 부정적인 생각을 하게 됩니다. 또한 과연 자신이 자유롭게 살거나 남을 도울 수 있는 능력이 있는지 없는지 의심이 생길 때 부정적인 사고를 하게 됩니다.

모든 살아 있는 존재들에게 숨 쉬는 일이 자연스럽고 당연한 것처럼 시간과 공간 역시 전혀 의식되지 못한 채 늘 우리 곁에 있습니다. 우리는 개인적인 기질에 따라서 시간과 공간을 다르게 이해합니다. 예를 들면 어떤 곤충은 하루를 살아도 만족하지만 사람은 70세까지 살더라도 여전히 70이라는 숫자에 만족하지 못합니다. 우리는 자신을 제한된 공간과 시간 속에 한정시키려는 경향이 있습니다. 하지만 우리는 생각보다 더 광대하고 더 유익한 시간과 공간을 누릴 수 있습니다. 또 이로 인해 다른 사람들과도 멋지고 놀라운 관계를 맺을 수 있습니다.

비록 우리가 좁은 공간이고 짧고 덧없는 시간이라고 여겨진다 할지라도 더욱 열린 사고와 마음으로 관심을 갖고 인식한다면 시간과 공간은 끝없이 광대하다는 것을 깨닫게 됩니다. 시간과 공간의 궁극적인 진실을 제대로 인식할 수 있게 될 때 우리는 비로소 동서남북이라는 네 개의 방향으로 한정된 공간에서 자유로워질 수 있으며 초, 분, 일, 월이라는 우리를 둘러싼 시간의 껍질로부터 빠져나올 수 있습니다. 불교에서 존재란 시간으로 정의하면 "세 가지 영역에 걸쳐 있고(三界, 사바세계를 구성하고 있는 서로 다른 세상으로 이 삼계 안에서 윤회가 이루어짐—옮긴이 주)", 공간으로 정의하면 "열 가지 방향을 가로지르고 있다(十法界, 모든 존재는 모두 십계의 범주에 들어가 서로 다른 경계를 형성하는데 이를 십법계라고 한다. 지옥(地獄) · 아귀(餓鬼) · 축생(畜生) · 수라(修羅) · 인(人) · 천(天), 성문(聲聞), 연각(緣覺), 보살(菩薩), 불(佛)의 세계를 십법계라 함—옮긴이 주)"고 말합니다.

이 얼마나 광대한 시간과 공간입니까. 다음 장에서는 시간과 공간을 다르게 보고 그 결과, 좁고 편협한 인식에서 무한한 자비의 인식으로 변화하는 방법에 대해 이야기하겠습니다. 이렇게 되면 우리는 모든 속박되고 제한된 것에서 벗어나 완전한 자유를 느끼며 '맑고 시원한 물은 어디에나 있고 참 진리의 꽃은 도처에 피어 있다.'는 것을 알게 될 것입니다.

공간과 친근하게 지내기

먼저 외부의 공간에서 내면의 공간으로 가는 길을 말씀드리고자 합니다. 사람들은 우리가 살고 있는 이 환경을 넘어서는 공간이 있을 것이라고 생각합니다. 여기서 환경이란 우리가 살고 있는 집, 도시, 세상을 의미합니다. 다른 사람들과의 관계나 주변 환경 그리고 재물과 적절한 관계를 유지해야 하듯이 우리가 살고 있는 이 환경 너머의 공간과도 좋은 관계를 유지해야 할 필요가 있습니다.

A장소에서 B장소까지 여행하기 위해서는 길을 알아야 하고 어떤 교통수단을 이용할지 또 얼마나 걸리는지에 대해 생각해야 하고 만약에 일어날지도 모를 일에 대한 대비도 해야 합니다. 이렇게 계획을 미리 잘 세워 준비한다면 아주 즐거운 여행이 될 것입니다. 세계 여행이나 우주여행 등 좀 더 먼 곳으로 가고자 한다면 더 세밀한 계획을 세워야 하겠지만 계획이 세밀할수록 여행은 더 즐거워지고 느끼는 점도 많아질 것입니다. 그러므로 더 많이 분석하고 계획을 세우는 수고를 한다면 우리가 살고 있는 환경 외의 공간을 좀 더 자세하게 알 수 있게 됩니다.

우리가 외적인 공간이라고 부르는 것은 경계가 정해져 있습니다. 사람들이 아무리 많은 힘을 갖고 지혜가 많다 해도 외부 공간은 한정되어 있습니다. 이런 생각에 동의하지 않는 분도 있을 것입니다. 달나라로 여행하거나 우주 정거장을 이용할 정도로 사람의 능력이 발전하였기 때문입니다. 그러나 우주 정거장을 여행한다고 해도 그곳은 태양계의 한 귀퉁이에 불과합니다. 우주에는 수백만의 은하계가 존재합니다. 지도에 표시할 수 있는 공간이란 그렇게 티끌만큼 작은 것에 불과합니다. 그런데도 많은 사람들은 가능한 한 좀 더 많은 공간을 모으는 데 인생의 대부분을 보내며 살아갑니다. 사람들이 공간과 겪는 갈등을 잘 나타낸 중국 속담이 있습니다.

'비옥한 땅이 만 평이나 있어도 잠잘 때는 한 평만 필요하다.'

우리 안의 공간은 밖의 공간과는 다릅니다. 형태가 없고 따라서 경계도 없습니다. 상상하기 어려우며 또한 이해하기도 어렵습니다. 부처님께서는 우리 안의 공간이 우리 밖의 공간보다 더 광대하다고 말씀하셨습니다. 경전에는 "마음은 모래밭의 모래알만큼이나 많은 세상을 돌아다니고 우주를 담고 있다."라고 나와 있습니다. 우리 밖의 우주보다 우리 안의 우주를 깨닫는 것이 더 중요하며 그 의미를 제대로 이해하는 것이 필요합니다.

우리의 마음을 끊임없이 성장시키기 위해서 우리는 늘 배워야 합니다. 마음이 넓은 사람을 '그 안에서 배들이 항해할 수 있을 만큼 넓은 마음을 가졌다.'라고 표현한 중국 문학작품도 있습니다. 부처님께서는 넓은 마음은 삼천 개의 천계(天界, 무한하게 확장해나가는 우주)를 에워쌀 수 있다고 하셨습니다. 마음이 열린다면 전 우주를 우리 마음에 담을 수 있다는 의미입니다.

1940년대에 제가 처음 대만에 도착했을 때는 정말로 물질적으로 궁핍했습니다. 무일푼에다가 외적인 면으로만 보자면 암울했지만 저는 그 어떤 것도 부족함이 없다고 느꼈습니다. 자연 속에서 찾아낼 수 있는 있는 재물은 너무나 많았습니다. 제가 슬플 때면 하늘의 달과 별은 저의 친구가 되어주었습니다. 꽃들은 저를 즐겁게 해주었고 나무들은 기꺼이 그늘이 되어주었습니다. 자연은 저에게 말할 수 없는 기쁨을 주었습니다. 제 안에 있는 우주가 확대되고 팽창함을 느낄 때 어찌 풍요롭지 않으며 성취감을 느끼지 않을 수 있을까요? 우리 안에는 천지 만물을 품을 수 있을 만큼 거대하고 무한한 공간이 존재합니다. 우주란 우리의 외부에도 존재하지만 또한 내부에도 있습니다.

내면의 커다란 능력을 진정으로 이해하는 것이야말로 자신이 처한 상황에 관계없이 안락함과 만족을 찾을 수 있는 중요한 열쇠가 됩니다. 자혜(慈惠) 법사의 아버지는 누군가 그에게 여행을 하고 오시면 어떻겠느냐고 권하자 자신의 마음을 가리키며 "우주가 바로 이 마음 안에 있는데 내가 어디를 또 가고 싶겠는가?"라고 말했습니다. 이 얼마나 자유로운 생각입니까. 그렇다면 우리는 어떻게 마음의 공간을 넓혀가야 할까요?

『유마경』에 따르면 불이법문(不二法門)에 드는 것이라고 합니다. 마음의 문이 한 번 열리면 그 마음은 크고 작은 지류에서 흘러나오는 모든 물을 받아들이는 넓은 바다가 되고 야비하기도 하고 훌륭하기도 한 모든 지구상의 존재들을 감싸 안을 수 있을 만큼 거대한 수메르 산이 되기도 합니다. 마음을 열면 분쟁, 정치 그리고 힘겨루기 싸움은 더 이상 아무런 영향을 끼치지 못하게 되며 자신을 찾게 된 그곳에서 안락함을 느끼게 될 것입니다. 내면의 우주와 친근한 관계를 갖게 될 때 비로소 우리 밖의 우주와도 소통이 가능하게 됩니다.

다음으로 공간을 좀 더 이해하기 쉽도록 내세에서 전생까지의 공간에 대해 말씀드리겠습니다.

우리에게 앞으로 펼쳐질 삶을 추측하는 것도 중요하지만 잠시 앞으로 달려가기를 멈추고 뒤를 돌아보는 방법을 아는 것은 그보다 더 중요합니다. 사람들은 대부분 앞날을 예측하는 방법은 알고 있으면서도 우리 뒤에 놓여 있는 드넓은 우주에 존재하는 가능성의 세계는 깨닫지 못하고 있습니다. 우리는 한 가지 평가 기준으로만 삶의 공간을 보려는 경향이 있어서 우리가 나아가야 할 방향이 여러 갈래로 갈라져 있다는 것은 잊고 살아갑니다. 만사가 우리 뜻대로 흘러가고 있을 때에는 도무지 멈출 기세도 보이지 않고 그대로 밀고 나갑니다. 가다가 벽에 부딪치게 되도 고집스럽게 밀고 나가려 하기 때문에 불필요한 고통을 받게 됩니다.

부처님께서는 우리는 매순간 두 개의 세상을 놓고 선택하며 살아간다고 말씀하셨습니다. 하나의 세상은 내세이며 다른 하나는 전생입니다. 이 두 세상은 항상 우리와 함께 합니다. 앞으로 나아가기에 적당한 시기이면 앞으로 나아가야 하고 돌아가야 할 때가 되면 돌아가야 합니다. 인생을 간단하게 볼 필요는 없습니다. 뒤를 돌아봄으로써 앞으로 나아간다는 의미에 대해 설명해주는 시를 불경에서 찾아볼 수 있습니다.

손 안의 완두콩 싹은
들판에 한 줄로 심어져 있네

고개를 숙여보면

물속에 하늘이 보이네

길이란 단지 몸과 마음을

깨끗하고 정결하게 할 뿐

결국은 뒤로 걸어가는 것이

앞으로 가는 것임을……

만약 인생에서 절벽 끝에 서 있다 생각될 때 '뒤로 한 발짝 물러나 생각하면 넓은 바다와 높은 하늘을 볼 수 있다.'라는 옛 중국 격언을 기억하십시오. 이렇게 우리는 자연으로부터 영감(靈感)을 얻을 수 있습니다. 아주 좋은 실례로 물을 들어보겠습니다. 사람들은 물을 필요로 하며 물을 어디에나 존재합니다. 물이 언덕을 흘러가는 모습을 관찰해보면 처음에는 빠르게 흐르다가 평지에 다다르면 천천히 완만하게 굽이쳐 흐르고 물길이 막히면 자연스럽게 돌아서 흘러갑니다. 우리들이 물처럼 흘러가는 길을 바꾸는 방법을 알게 된다면 살아가면서 만나는 장애물들을 극복할 수 있을 것이며 또한 불필요한 상처도 받지 않게 될 것 입니다.

"당신들의 종교는 담배와 술 그리고 도박을 삼가도록 가르칩니다. 그 모든 것들이 인생의 즐거움인 것을. 당신은 그 때문에 너무 제약받는다고 느끼지는 않나요?"라고 물어오는 사람도 있습니다. 불교도들은 그러한 즐거움은 덧없는 것이라 생각하기에 흡연, 음주 그리고 도박을 하지 않습니다. 불교도들은 일시적인 즐거움의 실체를 알고 있으므로 차라리 자신이 가진 에너지를 부처님의 가르침을 수행하고 불법을 전파하며 다른 사람들을 돕는 일에 쏟고자 합니다. 우리를 둘러싸고 있는 광활한 우주가 사실은 우리 자신임을 이해할 때 우리는 무한한 기쁨을 누릴 수 있게 됩니다. 그러니 어떻게 제약을 받는다고 생각할 수 있겠습니까? 우리 뒤의 세상이 언제나 존재하고 있다는 것을 진정으로 이해할 때 우리는 한걸음 물러나 인생의 행로를 바꾸고 새로운 시각에서 인생을 바라볼 수 있는 기회를 가질 수 있습니다.

피할 수 없고 멈출 수 없는 전진만 존재하는 것이 아닙니다. 우주는 이보다 훨씬 융통성이 있습니다. 우리가 뒤로 물러설 수 있음을 깨달았을 때 앞으로 나아갈 수 있습니다. 내세뿐 아니라 전생까지도 포용할 수 있게 되어 우리의 인생이 가능성으로 가득 채워진다면 이 얼마나 유쾌한 일이 될까요?

다음으로 현상계에서 초월적인 세계로 나아가는 것을 말씀드리고자 합니다. 지금까지 우리는 전통적인 사고방식에 도전하여 우리에게 적용될 수 있는 우주의 개념을 확대하는 두 가지 방법으로 우주와의 새로운 관계를 밝혀내려 하였습니다. 외부에서 내부로, 내세에서 전생으로 움직여왔다면 현상계에서 초월적인 세계로의 이동은 어떻게 이루어지는 것일까요? 또 이것은 우리와 우주와의 관계를 어떻게 변형시키고 확대시키게 될까요?

주변의 자연계를 살펴보면 눈으로 보는 세상은 마치 만화경을 통해

보는 것처럼 온통 다른 색과 점들로 이루어져 있습니다. 우리는 이런 세상에 살고 있고 바로 이런 곳에서 꿈과 희망을 추구하고 있습니다. 이 세상을 어떻게 살아갈지는 전적으로 우리에게 달려 있습니다. 어떤 사람은 이 세상을 돈 버는 장소로 바라볼 것이고, 몇몇은 사랑하는 사람들과 함께 있는 장소로 생각할 것이며, 또 어떤 이는 자신의 이름을 남기려는 장소로 생각할 것입니다. 현상계에서는 매우 쉬운 일이 되겠지요. 이러한 우리의 잘못된 생각이 모든 현상은 원인과 조건이 있어 생겨난 결과라는 사실을 간과하게 만듭니다. 『금강경』에서는 "모든 현상은 환영이다."라고 말했습니다. 이 진실을 이해할 수 있으면 우리는 현상계를 초월할 수 있고 그것에 얽매이지 않을 수 있습니다. 현상계에 남아 있다 해도 우주에 대한 기존의 생각을 뛰어넘을 수 있게 될 것입니다.

초월적인 세계란 무엇을 말하는 것일까요? 여기서 '어디'가 아니고 '무엇'이냐고 물어보는 것에 유의하십시오. 초월적인 세계란 바로 여기 우리가 살고 있는 지구를 의미합니다. 초월적인 세계에 산다는 것은 먹지 않아야 하고 잠들지 않아야 한다는 것을 의미하는 것은 아닙니다. 음식을 먹고 잠을 자고 또 옷을 입고 살아가지만 가장 다른 점은 사소한 일에 집착하지 않는다는 것입니다. 중국 격언에 이런 말이 있습니다. 초월적인 세계의 의미를 이해하는 데 도움이 될 것입니다.

'꽃과 새들을 나무로 만든 조각품이라고 생각하라. 우리를 둘러싼 수많은 환영들을 두려워하지 마라.'

표면적으로 보이는 많은 현상들에 현혹되지 않을 때 우리가 사는 세상이 초월적인 세계가 됩니다. 우주와 좀 더 발전된 관계를 만들어 간다는 말은 그 관계를 꿰뚫어볼 수 있어야 한다는 의미입니다.

인생의 치열하고 무의미한 경쟁 속에서 빠져나온다는 것은 놀라운 일이지만 그 안에서 함께 하며 진실한 자아를 찾는 일은 더욱 놀라운 일입니다. 진흙 속에서도 깨끗하게 남아 있는 연꽃에 언제나 감탄을 보내는 것은 메마른 환경에서 순수하게 남는 것은 쉽지만 오염된 환경에서 깨끗하게 남기란 아주 어렵기 때문입니다. 불교도들이 고립하여 혼자 은둔하는 것을 선택한 것은 수양하기에 아주 좋은 형식이라서가 아니라 유혹으로 둘러싸인 곳에서 흔들리지 않기 위해서입니다. 그래서 우리는 '가장 훌륭한 수행은 군중 속에서 수행하는 것이다.'라고 말합니다. 북적대는 속에서 불법을 수행하는 사람들에게 감탄을 보내지 않을 수 없습니다. 역사 속에는 우리들이 본받을 만한 많은 일화가 있습니다.

중국의 시인 도연명(陶淵明)은 "사람들 속에서 살아가지만 말이 끄는 수레의 요란한 소리도 들리지 않네."라고 말했습니다. 유마 거사는 '가족과 함께 살았지만 존재의 삼계에 연연하지 않았고 부인이 있었지만 금욕 수행'을 했습니다. 일휴(一休) 화상의 일화도 좋은 예입니다.

어느 날 제자와 함께 여행을 하고 있을 때였습니다. 물살이 빠른 제방 앞에서 망설이고 있는 여자를 본 스님은 그녀를 업어 물을 건너게 해주겠다고 하였습니다. 그러나 옛날 중국에서는 여자와 남자의 신체적인 접촉은 엄격히 금지되어 있었고 스승이 여자와 신체 접촉을 한 것을 보고 경악한 제자는 오랫동안 그 일이 마음에 걸렸습니다. 제자의 마음을 알게 된 스님은 "난 이미 모든 일을 잊었다. 난 단지 여자를 건너보냈지만 너는 한 달도 넘게 그 여자를 마음속에 지니고 있구나."라고 말하였습니다. 이러한 걸림 없는 삶에 대한 또 하나의 속담이 있습니다. '꽃밭을 지날 때 잎사귀 하나 스치지 말고 지나라.' 현상계의 환영을 볼 때 그 어떤 것에도 집착하지 않는다면 그것이 바로 초월적인 세계를 살아가는 것입니다. 이것은 바로 우리와 우리를 둘러싼 우주와 친근하게 지내는 핵심적인 방법입니다.

앞에서 우리는 우리 안의 우주를 어떻게 경험하며, 우리의 전생을 어떻게 알게 되며 초월적인 삶이란 무엇인가에 대해 이야기하였습니다. 부처님의 가르침을 통해 우주를 볼 때 우리는 외부에서 내부로, 내세에서 전생으로, 현상계에서 초월적인 세계로 사고의 초점을 움직이게 됩니다. 이런 방법으로 우리 삶의 범위는 상상할 수 없을 만큼 커질 것이고 생각할 수 있는 것 이상의 더 큰 잠재력을 갖게 될 것입니다.

시간과 친근하게 지내기

우주와의 관계와 마찬가지로 시간과의 관계도 역시 무한하고 유익하게 발전해나갈 수 있습니다. 우리는 시간을 어리석게 낭비하기도 하고, 또 현명하게 보내기도 합니다. 또 다른 사람들과의 관계를 향상시키거나 또는 악화시키는 데 시간을 보내기도 하고, 스쳐 지나는 짧은 관계를 맺으면서 시간을 보내기도 하고, 영원한 관계를 맺는 데 시간을 투자하기도 합니다.

'우리는 한순간에 살고 있다.'라는 말은 인생이 얼마나 짧고 덧없는가를 잘 말해주고 있습니다. 전설 속의 인물 팽조(彭祖, 전설상의 제왕인 오제 가운데 전욱 고양씨(高陽氏)의 현손(玄孫)이며 육종(陸終)의 세 번째 아들. 전설에 따르면 팽조는 백팔십여 세를 살았고 신선이면서 중국 고대 장수(長壽)의 대명사로 알려진 인물이다.—옮긴이 주)는 팔백 년을 살았고 하늘에서의 삶은 일만 년으로 연장되었을지는 몰라도 영원한 시각으로 볼 때 그런 삶의 시간들은 재빨리 사라지는 아침 이슬과 같습니다. 우리는 시간을 소중히 여겨야 하며 현명하게 사용해야 합니다. 우리에게 주어진 제한된 시간들을 삶을 풍부하고 의미 있게 만드는 데 사용한다면 시간은 결코 처음과 끝이 없다는 것을 깨닫게 될 것입니다.

이제 시간과 우리는 절대 대립할 수 없으며 조화를 이루며 함께 해야 하고 모든 존재의 이익을 위해 최대한 활용해야 하는 관계라는 것을 확실하게 알 수 있습니다. 이제 다음 세 가지를 통해 시간과의 관계를 어떻게 이루어가야 하는지 알아보기로 하겠습니다.

첫째, 최대한 시간 활용하기입니다. 어떤 사람들은 칠십 세까지 살기도 하고 또 다른 사람들은 백 세까지 살기도 합니다. 우리는 제한된 시간 안에서 살아야 하는데 살아가는 데 꼭 필요한 활동을 하느라 그

나마 제한된 시간이 더 줄어듭니다. 우리의 하루는 먹고 자고 직장이나 집에서 일하는 것에 따라 토막토막 끊어지며 이 사실을 깨닫기도 전에 하루가 지나갑니다.

잠자는 시간도 우리에게 주어진 제한된 시간 속에서 많은 부분을 차지합니다. 잠자기 전에는 먼저 침구를 정리하고, 잠들기 전에 가끔 뒤척이기도 합니다. 먹거나 자는 것을 즐기건 그렇지 않건 우리는 반드시 이런 활동들을 해야 합니다. 한두 번 예외는 있겠지만 우리가 가진 제한된 시간들 속에서 먹는 시간, 자는 시간, 줄 서서 기다리는 시간, 씻는 시간, 화장실 가는 시간 등을 뺀다면 남는 시간이 얼마나 될까요? 더구나 젊은 시절 허송세월로 시간을 보냈다면 나이가 들어버린 후 세상을 위해 의미 있는 일을 할 수 있는 시간은 더욱 많지 않을 것입니다. 우리 삶의 전성기는 진실로 짧고 한정되어 있습니다.

각종 통신기기를 사용하는 현대는 시간이 매우 빨리 지나가며 우리의 삶은 믿을 수 없는 정도로 빠르게 움직이고 있습니다. 사람들은 종종 시간을 절약하기 위해 많은 일을 동시에 하려고 합니다. 호출기, 팩스 그리고 휴대전화의 출현으로 아홉 시부터 다섯 시까지 일하는 것은 과거의 이야기가 되었습니다. 우리의 삶은 마감일로 꽉 차고 매초 단위로 계획이 잡혀 있습니다. 목적이 무엇인지 또 왜 이렇게 바쁘게 일을 해야 하는지 잊어버리기 쉽습니다. 어떤 사람들은 바쁘다는 것은 축복받은 일이며 내가 필요로 하는 사람이라는 것을 느낄 때 행복하다고 말하기도 합니다. 그러나 그렇게 바쁜 것이 제대로 시간을 보내고 있는 것인지는 깊이 생각해볼 필요가 있습니다. 몇몇 사람들은 단지 자신을 위한 일에 시간을 보내고 있을 뿐 다른 사람들은 안중에도 없습니다. 또 자신의 일에만 열중할 뿐 가족을 돌보는 일에 시간을 투자하지 않는 사람도 있습니다. 빠르게 돌아가는 이 시대에 매 시간을 유용하게 사용하지 못한다면 우리는 더 많은 시간을 얻기 위해 늘 싸워야 합니다. 새로운 시각으로 시간을 바라본다면 우리는 바쁘게 동동거리지 않으면서 효율적으로 시간을 보내며 살 수 있습니다. 시간을 현명하게 활용하는 것은 아주 중요한 일입니다.

이리저리 조각난 시간들을 모아 자투리 시간을 잘 활용해야 하는 방법에는 어떤 것들이 있을까요? 저는 많은 사람들에게 조각 시간들을 잘 활용하라고 말하곤 합니다. 젊은 학생들에게는 십오 분의 시간이라도 책을 읽거나 일기를 쓰거나 혹은 복습을 하라고 충고합니다. 다른 사람과 떠들거나 텔레비전 보는 데 왜 시간을 낭비합니까? 청소를 하면서 혹은 요리를 하면서도 부처님의 말씀을 암송할 수 있습니다. 또 버스를 기다리면서 혹은 출퇴근 시간에 아미타불을 연호할 수도 있습니다. 사회가 빠르게 움직이고 있고 나이가 들면 종종 나이를 의식하여 움츠려들기 때문에 이런 일은 젊은 나이에 시작하는 것이 좋습니다. 젊었을 때는 모든 것을 할 수 있기에 시간이 충분치 않고 나이가 들면 나이가 들었기 때문에 어려운 것이 사실입니다.

혼자서 부처님을 연호하는 것은 몸을 움직이기 힘든 나이 든 사람이 시간을 보내기에 아주 적합한 방법입니다. 또한 젊었을 때부터 책읽는 습관을 갖도록 권합니다. 잘 움직이지 못하더라도 앉아서 늘 좋은 책을 접할 수 있기 때문입니다. 늘 마음을 젊고 활기차게 유지하는 데 힘써야 합니다. 책을 읽다가 눈이 피로해지면 부처님을 연호하십시오. 부처님을 마음에 담아 두려고 하면 부처님은 늘 우리 마음속에 계실 것입니다.

옛날 중국 격언 중에서 생활의 지침이 될 만한 말이 있습니다.

'한마디 적게 말하라. 그리고 아미타불의 말씀을 암송하라.'

이 말의 의미를 뒷받침하여 주는 또 다른 격언이 있습니다.

'질병은 입을 통해 들어오고 문젯거리는 입을 통해 나간다.'

친구들과 대화하면서 아무 생각 없이 이야기를 나누다 보면 자신도 모르게 상처주는 말을 할 수 있습니다. 그러므로 시간이 날 때마다 아미타불을 연호하고 부처님의 자애로운 모습을 생각하며 명상에 잠겨 보는 것도 좋습니다. 반대로 바쁠 때는 우리의 마음을 진정시키기 위해 아미타불을 암송할 수 있습니다. 아미타란 '무량광(無量光)', '무량수(無量壽)'를 의미하며 출렁이는 삶의 중심을 의미합니다. 이것이야 말로 무심코 남에게 상처를 주지 않게 할 뿐만 아니라 힘들이지 않고 수행하는 좋은 방법이고 서로서로에게 좋은 수행입니다. 우리가 꾸준히 부처님을 마음에 담고 있을 때 무엇을 하던 평화로울 수 있습니다. 우리에게 주어진 쪼개진 시간들을 잘 활용할 때 또한 우리의 수행도 잘 이루어질 것입니다.

몇 년 전 대만에 불광산사를 지으려 할 때 많은 사람들이 회의적으로 바라보면서 "당신이 건축가요? 집을 짓는 것이 뭔지는 알고 있소? 당신이 교육자요? 학교를 경영하는 게 뭔지 압니까?"라고 물었습니다. 저는 그들에게 저의 가장 큰 비밀을 알려주려고 합니다. 그것은 바로 저만의 시간 활용법입니다. 저는 비록 건축가도 교육가도 아니지만 많은 곳을 여행하면서 많은 집들을 보았습니다. 건축가의 입장이 되어 만약 저런 집을 짓는다면 무엇을 할지 상상하기도 하였습니다. 학교에 있을 때에는 학교를 운영한다면 어떻게 다른 방법을 시도해볼까 하고 생각하기도 하였습니다. 불광산사를 짓기 시작했을 때 저는 이미 하고자 하는 바가 있었고 시간을 현명하게 사용했기 때문에 모든 것은 제자리에 딱 맞게 자리 잡을 수 있었습니다. 그런 이유로 누구에게나 빠르게 지나가는 그 시간 속에서 저는 능력을 모두 발휘하여 힘든 사업을 완수할 수 있었습니다.

주위를 둘러보면 불행하게도 많은 사람들이 시간을 낭비하고 있는 것을 봅니다. 시간을 활용하는 방법을 몰라서 훌륭한 일을 이루어내지 못한다는 것은 안타까운 일입니다. 시간을 관리하는 것은 예술과도 같습니다. 시간을 잘 배분하여 정신적으로 필요한 시간과 물리적으로 필요한 시간을 조화롭게 사용할 줄 알아야 합니다. 자신만을 위해서 시간을 보내지 말고 다른 사람을 위해서도 나의 시간을 보낼 줄 알아야 합니다. 이렇게 모든 면에서 균형을 맞출 수 있게 된다면 우리는 비로소 시간을 관리할 수 있고 중요한 순간들을 보람 있게 보낼 수 있게 될 것입니다.

시간과 친근하게 지내기 위한 두 번째 일은 '지금 이 순간을 살기'
입니다. 쉬지 않고 시간이 흐른다는 것은 필연적이며 냉정하기 그지
없는 사실입니다. 우리가 주위를 기울이지 않는다면 시간은 안개처럼,
하늘 위의 한 점 구름처럼 아무 자취 없이 우리 곁을 미끄러지듯 지나
갈 것입니다. 현재를 놓치지 말아야 합니다. 시간은 우리를 기다려주
지 않기 때문입니다. 그저 일이 일어나기를 마냥 기다린다면 종종 기
다린 채로 끝나버릴 것입니다. 주어진 제한된 시간을 소중히 생각해
야 하고 최선을 다해 살도록 노력해야 합니다. 나이 들어 되돌아보았
을 때 자신의 삶이 남과 다른 삶이었다면 얼마나 좋았을까 하는 후회
를 갖지 않도록 보다 나은 사람들이 되기 위해 애써야 합니다.

옛날 사천에 두 사람이 있었는데 푸퉈 산의 관음 도량으로 순례 여
행을 가기를 원했습니다. 그중 한 사람은 배를 살 수 있는 충분한 돈
을 모을 수 있을 때까지 기다리기로 했습니다. 배를 타고 푸퉈 산에
가고 싶었기 때문입니다. 또 다른 한 사람은 가난했으나 구걸을 해서
라도 그곳에 가고 싶었으므로 당장 떠나기로 하였습니다. 시간이 흐
른 후 그 가난한 사람은 푸퉈 산을 다녀왔지만, 다른 사람은 여전히
배를 사지 못한 채 홀로 순례 여행 갈 날만을 기다리고 있었습니다.

이 이야기가 주는 교훈은 일이 되기만을 기다리면서 삶을 낭비하지
말라는 것입니다. 순간을 놓치지 말고 일이 성사되도록 해야 하고 좋
은 일을 할 수 있는 능력이 있는 한 기회가 주어질 때 되도록이면 빨
리 행동으로 옮겨야만 합니다. 계획을 세우고 시간을 이용할 수 있다

면 좋은 일을 할 수 있는 기회는 얼마든지 만들어낼 수 있습니다. '꾸물거리지만 않았다면 할 수 있었어.'라고 생각하면서 지난 일에 대해 후회하는 행동은 하지 말아야 합니다. 젊었을 때 그 젊음을 이용하고 노력해야 합니다. 머리가 반백이 되서야 젊음을 낭비 했다는 것을 깨닫고 싶은 사람은 아무도 없을 것입니다. 현명한 사람이라면 과거를 미화하지 않을 것이며 또한 미래에 대한 환상을 갖지 않을 것입니다. 우리는 현재에 살고 있을 뿐이고 이 시간을 최대한 잘 활용해야 합니다.

다음의 우화는 시간에는 두 종류가 있다는 것을 일깨워줍니다. 옛날에 백발에 이도 몇 개 빠지고 없는 한 노인이 있었습니다. 누군가 노인에게 "어르신은 연세가 어떻게 되십니까?"라고 묻자 노인은 "네 살이요."라고 대답했습니다.

어리둥절해진 그 사람은 "농담하지 마세요. 어르신의 머리카락만 보아도 네 살일 수는 없지요, 아마도 일흔 살이나 여든 살 정도는 되신 것 같군요."라고 말했습니다.

노인이 대답했습니다. "달력대로 나이를 센다면 내 나이는 여든이라오. 하지만 나는 그 많은 시간 동안 나에게 무엇인가 일어날 것이라고 기다리며 허송세월만 보냈지요. 그러다가 부처님을 알게 된 4년 전에야 비로소 진정한 삶을 살기 시작했소. 지난 4년 동안 나는 삶과 우주의 진실을 알기 위해 수행해왔고 지금은 나 자신을 위해서뿐만 아니라 남을 위해서도 수행하고 있다오."

첫 번째는 그냥 앉아서 일이 일어나기만을 기다린 시간입니다. 두 번째는 적극적으로 일이 일어나도록 만든 시간입니다. 이 두 가지 시간은 매우 다릅니다. 첫 번째는 시간을 어리석게 낭비한 일을 얘기한 반면, 두 번째는 시간을 현명하게 그리고 유익하게 사용하였다는 것을 보여줍니다.

수많은 시간들은 한순간에 사라집니다. 그리고 사람들은 얼마 지나지 않아 그 많은 시간들이 어디로 흘러갔을까 의아해합니다. 우리는 그것이 무엇이건 우리가 기여할 수 있는 일을 위해 시간을 사용해야 합니다. 처음 대만에 불광산사를 짓기 시작할 때 우리가 택한 지역은 멀리 떨어진 메마르고 황량한 땅이었습니다. 사람들은 왜 시간 낭비를 하는지 의구심을 가졌습니다. 그러나 우리는 결단을 내렸고 많은 분들이 열성적으로 도와준 덕분에 결국은 처음 시작했던 대로 완성하였고 상상을 현실로 만들었습니다.

생각해보십시오. 만약 처음에 더 좋은 장소가 나타나기를 기다리면서 일을 시작하지 않았다면 오늘날 불광산사는 존재할 수 없었을 것입니다. 시간을 흘려보내면서 기다리고만 있었다면 우리는 분명히 목적을 이루지 못했을 것입니다. 계획을 완성시키기에 충분한 시간이 있었다고 자신했던 것은 아니었습니다. 그러나 시간과 잘 조화를 이루어서 발전시킨다면, 그리고 기다리지 않고 만들어 내기 위해 시간을 사용한다면 우리는 꿈을 실현시킬 수 있습니다. 다른 사람들에게 헌신적으로 대할 때 우리는 시간을 바르게 쓰고 있는 것입니다.

시간과 친근하기 지내기 위해 찰나의 삶을 통해 영원을 깨닫는 것도 필요합니다. 우리의 인생이 너무 짧다고만 생각되면 삶이 지루해지고 기회가 부족하다고 생각하게 되고 끊임없이 한계를 느끼게 되면서 좋은 일을 할 수 있는 기회나 남을 도울 수 있는 기회를 빈번하게 놓치게 될 것입니다. 하지만 진실한 삶의 시간은 영원하다는 것을 깨닫게 된다면 삶은 훨씬 더 흥미로워지고 갑자기 많아진 가능성으로 풍요로워질 것입니다.

사람은 모두 언젠가는 죽기 때문에 영원히 산다는 것은 불가능하다고 얘기합니다. 그러나 이것은 우리의 존재를 단지 육체적인 존재로만 생각하고 그 시간을 수십 년으로 한정해서 생각할 때의 이야기입니다. 사람이 태어나는 순간부터 그 사람의 시간이 시작되고 죽는 순간에 그 사람의 시간이 끝난다고 생각합니다. 이렇듯 편협한 생각과 현상계에만 집착하기 때문에 우리의 존재가 물질적으로 보이는 것보다 훨씬 더 거대하다는 것을 미처 깨닫지 못하고 있습니다. 그렇지만 윤회 사상에서 존재를 바라보면 사람들은 아주 오랜 역사와 무한한 미래를 갖고 있다는 것을 알 수 있습니다.

우리의 육체를 집에 비유할 수 있습니다. 집이 너무 낡아 수리를 해야 할 때가 되면 새집으로 이사를 하는 것처럼 우리의 육신이 늙게 되면 새로운 육신으로 옮아가야 합니다. 물론 그 새로운 육신은 우리가 얼마나 올바르게 살았는가에 따라, 즉 우리가 쌓아온 업보에 따라 달라집니다. 다르게 생각해보면 죽음이라는 것은 사실은 또 다른 삶의 시작임을 알 수 있습니다. 부처님의 가르침에 따르면 죽음이란 인생의 마지막 장이 아니며 그것은 단지 삶의 끝을, 그리고 또 다른 삶의 시작을 알리기 위한 것일 뿐입니다. 부처님께서는 인간의 삶은 시작도 없고 끝도 없다고 말씀하셨습니다.

우리의 삶은 끊임없이 변화하며 흘러가는 인과관계에 있어서 최고점에 해당합니다. 빠르게 흐르는 강물은 언제나 같은 강물이 아닙니다. 물이 흐르면 바로 다른 물이 흘러들어와 그 자리를 대신합니다. 이러한 덧없음은 현상계에 본질적인 특징입니다. 주위를 둘러보십시오. 모든 생명이 있는 존재들은 태어나고 나이가 들고 죽어갑니다. 무생물의 세계도 마찬가지로 생성되고 존재하다가 멈춥니다.

경전에서는 "수메르 산은 거대하고 높지만 언젠가는 사라질 것이다. 그 깊은 바다도 시간이 되면 메마를 것이다. 해와 달은 밝게 빛나지만 오래지 않아 사라지게 될 것이다. 위대한 지구는 강하고 존재하는 모든 걸 품고 있으나 억겁의 세월 끝에서 업보의 불꽃이 타오를 때 그것 역시 덧없음을 피할 수 없게 될 것이다."라고 말하고 있습니다. 이 진실을 깨닫게 될 때 우리는 더 이상 죽음과 다시 태어남을 두려워하지 않게 되고, 죽어서 다시 태어나는 것을 집을 이사하는 것과 같은 것으로 이해하게 될 것입니다.

우리의 형태, 또는 우리의 '집' 은 다시 태어날 때마다 다른 모습을 갖게 되지만 우리가 가진 불성은 변하지 않습니다. 그러나 불행하게도 많은 사람들이 우리의 진실한 모습인 불성을 깨닫지 못하고 있습니다. 윤회를 쫓다 보면 덧없음에 집착하게 되고 불성을 잃게 됩니다.

불교 문학 중에 우리의 이러한 무지에 대한 이야기가 있습니다. 옛날 한 스님이 탁발을 하면서 어느 집을 지나게 되었는데 가족들은 결혼식을 준비하느라 분주하여 아무도 그 스님에 대해 신경 쓰지 않았습니다. 스님은 주위를 둘러보고 한숨을 쉬며 말했습니다.

소와 양과 동물들이 식탁 위에 앉아 있네
전생의 할머니가 지금은 신부라네
식장에선 북을 두드리네, 할아버지의 가죽이라네
숙모들로 요리를 하네

스님은 삶의 덧없음을 알지 못하고 윤회의 의미를 이해하지 못하는 중생들에게 측은함을 느꼈습니다. 그들은 우주적인 삶과 조화를 이루지 못하고 있다는 것을 행동으로 보여주었고, 또한 존재의 무한한 연속성을 깨닫지 못하고 있었기 때문입니다. 그들이 부엌에서 요리하고 있던 동물들은 전생에 숙모였고, 하객들은 전생에 소와 양들이었으며 신부는 사실은 전생에 신랑의 할머니였습니다.

과거와 미래를 들여다볼 수 있다면 우리는 이 세상의 수많은 관계들이 가엾고 우스꽝스럽다는 것을 깨닫게 될 것입니다. 발보리심문(發菩堤心文)에서는 두 가지 예를 들어 이야기하고 있습니다. '피가 나도록 노새를 채찍질하네. 그것이 나의 어머니의 눈물이라는 것을 누가 알리오? 도살장으로 짐승을 데리고 가네. 네 아버지의 고통을 어떻게 알리오?' 여기에는 숨겨진 사연이 있습니다.

어느 가족에게 노새가 한 마리 있었습니다. 노새는 수십 년 동안 농작물을 지고 시장을 오고 가야 했습니다. 세월이 흘러 노새는 너무 늙어서 농작물을 실은 수레를 끌 힘이 없어졌습니다. 주인은 노새를 더 부려먹기 위해서 자신이 어떤 사람인지를 보여주어야겠다고 생각하고 매일 채찍질을 하였습니다. 어느 날 밤 노새가 인간의 형상으로 그의 꿈에 나타나 간청하였습니다. "나는 전생에 네 어미였단다. 하지만 좋은 엄마가 아니었고 너에게 소홀히 하였었지. 그래서 노새로 다시 태어나 너에게 빚을 갚느라 지난 20년 간 시장에 물건을 실어 날랐다. 이제 난 늙고 약해져서 예전처럼 일을 할 수가 없구나. 제발 어미를 불쌍히 여겨서 채찍질을 면하게 해다오."

잠에서 깬 주인은 자신이 노새에게 그토록 잔인하게 대했던 것을 부끄러워하며 노새를 가까운 절로 데려가 그곳에서 평화롭게 살게 해주었습니다. 그리고 그는 삶과 죽음의 본질, 다시 태어나는 윤회, 그리고 삶의 연속성에 대한 깨달음을 얻었습니다. 삶과 죽음이 무한한 시간 속에서 어떻게 일어나는지에 대해 새로운 인식을 갖게 된 노새 주인은 생명체에게 좀 더 동정심을 갖고 대하게 되었습니다.

앞에서 다시 태어나는 것을 새집으로 이사하는 것에 비유했는데 이 이야기를 좀 더 해보겠습니다. 지금 열심히 일하면서 살고 있다면 만일 집이 낡아 무너질 정도가 되었을 때는 모아둔 돈으로 훨씬 더 크고 좋은 집으로 이사할 수 있습니다. 하지만 그렇지 않은 경우라면 이

사할 일이 생겼을 때 지금보다 더 작은 집으로 이사할 수밖에 없을 것입니다. 그러므로 인생이 짧을지라도 우리는 시간을 현명하게 이용해야 하며 온정을 베풀고 좋은 일을 해야 합니다. 이 짧은 인생을 살면서 꾸준히 자비를 실천한다면 육신을 떠날 때가 되었을 때 알맞은 육신을 통해 다시 태어나게 될 것입니다. 불교도들은 죽음을 두려워하지 않고 죽음을 이생의 마지막이라고 보지 않습니다.

제한된 시간을 살면서 좋은 일을 하고 무한한 가치를 갖기 위해서 우리는 어떻게 해야 할까요? 이 질문에 대한 대답이 될 만한 이야기를 소개하겠습니다. 옛날에 한 노인이 복숭아나무를 심고 있었습니다. 한 젊은이가 노인이 힘들게 복숭아나무를 심고 있는 것을 보고 이렇게 물었습니다.

"어르신께서는 정말로 이 나무를 심고자 하십니까? 이 나무가 자라는 것도, 열매가 열리는 것도 보지 못하실지도 모르는데 쓸데없는 일이 아닐까요?"

노인은 일어서서 땀을 닦으며 메마르고 갈라지는 목소리로 진지하게 대답했습니다.

"자네는 너무 젊어서 아직 인생의 참 의미를 이해하기 힘들 것이네. 나는 나를 위해 이 나무를 심고 있는 것이 아니라네. 내가 비록 이 나무의 열매를 볼 수 없을지 몰라도 내 아들들은 이 나무 그늘을 좋아할 것이고 손자들은 그 열매를 먹을 수 있을 것이 아닌가? 그런데도 이것이 쓸데없는 일이라 말할 수 있겠나?"

젊은이는 노인의 깊은 생각에 감동받았습니다. 노인은 자신의 세대
가 해놓은 노동의 열매를 다음 세대가 즐길 수 있다는 것을 알았기 때
문에 그렇게 했던 것이었습니다. 우리는 인생을 개인의 삶으로만 보
지 말고 우주적인 더 큰 삶으로 보아야 합니다. 한 사람의 인생은 수
십 년으로 한정되어 있지만 그 가치는 영원합니다. 사람과 사람 사이
의 관계는 이 나무에서 저 나무로 불이 옮겨 붙는 과정과 같다고 할
수 있습니다. 다른 나무에 붙은 불은 첫 번째 나무의 불과 같지 않지
만 이것은 첫 번째 나무에서 타오른 불이 계속 진행되는 것입니다. 마
찬가지로 한 사람에게서 다른 사람에게로 이어지는 삶의 연속성을 찾
을 수 있습니다. 친근함은 한 사람의 제한된 삶의 시간을 초월하여 존
재합니다. 친근함은 삶의 연속성을 통해 흐르면서 우리의 삶에서 이
루어지다가 다시 다음 세대로 흘러갑니다.

우리는 어떤 역할을 하면서 이 연속적인 삶의 세계를 발전시켜가야
할까요? 정치를 통해서 이루는 사람도 있을 것이고 글을 통해 할 수
도 있을 것이며, 아니면 다른 자신만의 방식으로 기여할 수도 있겠지요.
이 모든 일이 가치 있고 보람 있는 일이지만 불교에서는 좀 더 완벽하
고 중요한 방법을 말하고 있습니다. 자신만의 다르마카야(Dharmakaya,
보신(報身), 응신(應身)과 더불어 삼신(三身)의 하나로서 석가모니의 진신(眞
身)을 일컫는 말. 이 '진신'은 덧없는 생사윤회(生死輪廻)의 지배를 받는 역사
적 석가모니가 아니라, 항상 보편한 진리를 스스로 증득(證得)한 '영원의 몸'을
말함. '법신'이라고도 한다 ─ 옮긴이 주)를 발견하는 일입니다. 자신만의 다

르마카야를 발견한다면 우리는 진정으로 자신이 가진 고유한 영원성을 찾을 수 있습니다. 다르마카야는 어느 곳에나 존재하며 영원합니다. 위대한 스승 석가모니 부처님은 바로 이 영원성을 찾은 분이십니다. 비록 부처님께서는 2,500년 전에 열반에 드셨지만 부처님의 다르마카야는 영원히 우리와 함께 하고 있습니다. 이것이야말로 존재의 영원성을 의미하는 것이고 시간과의 친근함을 보여주는 예라고 할 수 있습니다.

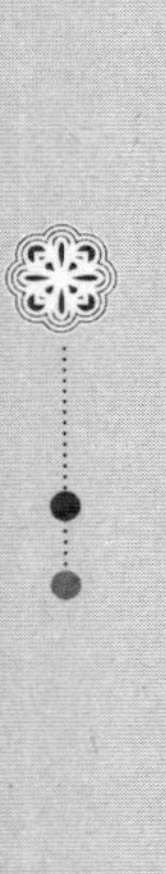

제6장

삶의 영적인 면과 친근하게 지내기

아주 중요하고 매우 포괄적인 관계인 삶의 영적인 면을 우리가 어떻게 생각해야 하는지에 대한 이야기로 이 책을 마치고자 합니다. 인간은 정신적인 존재입니다. 우리는 곧잘 인간에게 있어 영적인 면 같은 것은 애초에 존재하지 않았다는 생각에 현혹되곤 합니다. 우리는 모두 자신에 대해 알고 싶어 하고 즐겁게 살 수 있는 방법을 알고 싶어 합니다. 또 우리가 갖고 있던 본질적인 순수함을 찾아내서 거짓 욕망이나 잘못된 인식 또는 습관으로부터 벗어나기를 원합니다. 내면의 삶을 꾸준히 가꾼다면 우리의 본성과 삶의 본질을 제대로 알아내고 영적인 면과의 조화도 이루게 될 것입니다.

영적인 면에 대해 이해하게 되면 우리의 진정한 본질은 친근함이라는 것을 알게 될 것입니다. 친근함이란 어떤 차별, 구별, 분리 또는 분열도 존재하지 않는 궁극적인 조화를 의미합니다. 모든 존재는 이러한 본질을 갖고 있으므로 우리는 이미 모든 현상계와 친근함을 나누고 있다고 할 수 있습니다. 비록 환경이나 물질적인 소유 등과 같은 다른 존재들과 친근한 관계를 '창조'하고 '발전'시키려 노력하고 있지만 우리는 사실 이전부터 항상 존재해왔고 앞으로도 영원히 존재할 친근함의 능력을 타고났습니다. 모든 존재들은 이미 결점 없이 순수한 친근함을 지니고 태어났습니다. 이것을 인식하고 주변과 친근하게 지낼 수 있는가 하는 문제는 우리에게 달려 있습니다. 정신적인 수련은 우리가 타고난 친근함을 깨닫고 실천하는 데 도움을 줍니다.

이제 좀 더 깊은 정신적인 수행을 도울 수 있는 몇 가지 주제에 대해 이야기하고자 합니다. 아마도 이 이야기들은 부처님이 말씀하신 영적인 수련에 대한 가르침을 좀 더 잘 이해하는 데 도움이 될 것입니다. '영적인 요구에 대한 부처님의 가르침은 무엇인가? 진정으로 이해한다는 것은 어떤 것인가? 나 자신을 인식하는 방법은 무엇인가? 인생을 살아가며 실수를 하게 되면 어떻게 해야 하나? 어떻게 충실히 수행할 수 있는가? 어떻게 윤리적으로 살 것인가?' 이런 의문점에 대해 찬찬히 생각하고 답을 찾기 위해 깊고 면밀히 탐구할 때 우리는 비로소 자신의 본성과 조화로운 삶을 이룰 수 있는 능력을 제대로 보지 못하게 가리고 있던 장애물과 잘못된 사고방식을 버릴 수 있게 됩니다.

영적인 발전을 위한 길 찾기

부처님께서 말씀하신 팔정도(八正道)는 영적인 발전에 관한 가장 이해하기 쉬운 가르침입니다. 팔정도는 인생 여정의 지도책과 같습니다. 또 우리가 지금까지 이야기해왔던 공동 사회, 우정, 사랑, 물욕, 부, 환경, 우주 그리고 시간 등과 관계 맺는 방법을 이끌어주는 길 찾기 안내서라고 할 수 있습니다. 이 안내서가 없다면 우리가 인생에서 겪을 수 있는 우여곡절로 인해 혼란스럽고 당황스러워 할 수도 있습니다. 지도책을 지니고 있어야 우리가 현재 있는 곳이 어디이며 어디로 가고 있는지 제대로 알 수 있습니다.

팔정도란 무엇일까요? 팔정도는 바른 이해(正見), 바른 생각(正思), 바른 언어(正語), 바른 행동(正業), 바른 생활(正命), 바른 노력(正勤), 주위 깊음(正念), 그리고 집중(正定)입니다. 이 여덟 가지 중에 바른 이해가 가장 기초가 되는 것으로 다른 일곱 가지보다 우선적입니다. 여기서 '바른'이라는 말이 '옳고 그름'을 의미하는 것은 아닙니다. 바른 이해는 꽉 찬 또는 건전한 이해라고 번역될 수 있습니다. 바른 이해는 건전하건 건전하지 않건 행동과 언어, 생각의 본질뿐만 아니라 윤회 사실과 인과응보와 그 영향까지도 받아들인다는 의미입니다.

마치 수동 카메라로 사진을 찍을 때 적합하게 카메라를 조절해놓아야 하는 것과 같습니다. 카메라 렌즈의 초점과 구경을 제대로 조절해주지 않으면 사진은 초점도 맞지 않고 흐리게 찍히겠지요. 바른 이해가 없다면 세속적인 현상이나 삶과 우주의 활동에 관한 진실을 볼 수 없습니다. 만물과의 친근한 관계를 유지하는 우리의 궁극적 본질을 찾으려 할 때 순수한 친근함과 우리 자신과의 관계 또 자신의 인식을 포함한 모든 관계와의 발전을 이룰 수 없습니다.

사람들은 모두 이렇게 얘기합니다. "내가 느끼기에는……." "내가 믿는 바로는……." "내 생각에는……." 사물을 보는 방법은 모두 제각각입니다. 세상을 각자의 과거 경험이나 업보에 따라 다르게 바라보기 때문입니다. 우리는 행복과 슬픔, 즐거운 시간과 고통의 시간, 편안함과 시련, 가진 것과 못 가진 것, 좋아하는 것과 싫어하는 것, 나와 남, 삶과 죽음과 같이 세상을 크게 둘로 나누고 분별의 시각으로 바라봅니다. 무슨 수를 써서라도 고통스러운 일은 피하려 하고 즐거운 일이라고 생각되면 재빨리 뛰어들려 합니다. 이렇게 구별하기 때문에 고통이 생기고 생각이 분열되고 타고난 친근함의 능력을 제대로 발휘할 수 없게 됩니다.

사람들은 모두 개인적인 편견을 갖고 세상을 바라봅니다. 오직 깨달음을 얻은 부처님만이 사물을 있는 그대로 볼 수 있습니다. 깨달음을 얻는 자에게는 이중성이란 존재하지 않습니다. 그렇기 때문에 어떤 것을 다른 것과 비교하는 일은 있을 수 없습니다. '바른 이해란 모

든 사물의 진실을 보는 것이고 세속적인 현상을 있는 그대로 이해하
는 것이며 사물을 진실된 상태에서 보며 불법의 핵심을 경험하는 것
이다.'라고 부처님은 말씀하셨습니다. 사람들이 자신의 본질을 찾아
나섰을 때 바른 이해는 우리를 안심시켜주고 본질을 찾을 수 있도록
안내해줍니다. 이 타고난 친근함과 하나가 된다면 누가 우리에게 비
판을 할 수 있을까요?

무아, 자신의 생각을 떨쳐버림

불교도들 중에서 '자아(自我)'에 대한 바른 이해가 부족한 사람도
있습니다. 앞에서 우리는 '나 자신과 다른 사람들'에 대한 인식을 바꾸
는 것에 대해 이야기하였습니다. 마찬가지로 우리의 자아에 대한 느
낌을 연구하는 것도 중요합니다. 자아에 대한 잘못된 인식은 항상 고
통의 원인이 되며 수행을 방해하고 솔직한 친근함을 방해하기 때문입
니다. '우리의 고통의 원인은 우리의 육신 앞에 놓여 있다.'라는 격언
이 있습니다. 고통의 뿌리 깊은 원인은 바로 우리가 '자아'라고 부르는
덧없고 본질이 아닌 육신이며, 우리는 그것을 진실한 자신의 모습이
라고 착각하고 있습니다.

이렇게 눈에 보이는 물질적인 나의 모습은 사실은 형태(色), 느낌(受),
인식(想), 정신적인 구조(行) 그리고 의식(識)이라는 다섯 덩어리의 조

합에 지나지 않습니다. 이 다섯 가지로 인해 우리는 집착과 혐오감을 구별할 수 있습니다. 경전에서는 인간은 '번뇌'라고 부르는 팔만 사천 가지의 괴로움과 흥분에 시달린다고 말하고 있습니다. 이 번뇌들은 탐욕, 분노, 무지라는 세 가지 범죄를 저지르는 악당들과 같습니다. 그리고 이 세 가지 범죄의 최고 사령관은 자아의 개념입니다.

세 강도의 침입을 어떻게 막을 수 있을까요? 그들을 막을 수 있는 것은 강도들의 최고 사령관을 제거한 '무아(無我)'입니다. 불교에서 말하는 무아는 존재하지 않는다거나 삶이 끝났음을 의미하는 것은 아닙니다. 무아란 자신의 생각을 떨쳐버리는 것을 의미합니다. 우리가 보통 자신이라고 부르는 것이 다섯 덩어리를 모아놓은 것에 불과하며 본질적으로는 비어있다는 것을 깨닫게 된다면 자신의 생각에 그토록 집착하며 매달리지 않을 것입니다. 다음의 이야기는 좋은 설명이 될 것입니다.

옛날 한 사람이 여행을 끝내고 집으로 돌아가던 중 길을 잃게 되었습니다. 밤이 깊어지자 그 사람은 길가에 버려진 집에서 쉬어가기로 하였습니다. 잠시 후 그는 유령이 집 안으로 들어와 그의 뒤에서 시체를 잡아당기는 것을 보았습니다. 그가 숨기도 전에 이번엔 더 큰 유령이 문 앞에 나타났습니다. 두 유령은 서로 시체를 차지하기 위해 무섭게 싸웠습니다. 그 사람은 너무 무서워 정신없이 비명을 지르고 말았습니다. 비명 소리를 들은 큰 유령은 "이 집에 누군가 숨어 있군. 이 시체를 누가 가져야 옳은 그 자에게 물어 보자고."라고 말했습니다.

작은 유령은 남자를 찾아내어 목덜미를 움켜쥐고 물었습니다. "진실을 말하라. 너는 누가 먼저 시체를 당겼는지 보았는가?"

그 남자는 생각에 잠겼습니다. '내가 만약 진실을 얘기한다면 큰 유령이 나를 미워하게 되겠지. 하지만 거짓말을 한다면 작은 유령을 화나게 하고 업보를 만들게 될 거야. 어떻게 얘기하건 나는 지금 큰 어려움에 빠졌구나. 이럴 바에는 차라리 진실을 얘기하는 것이……."

남자는 자신이 본 것을 얘기했고 큰 유령은 매우 화가 났습니다. 큰 유령은 남자의 왼팔을 찢어내어 먹어버렸습니다. 그러자 미안함을 느낀 작은 유령은 남자를 돕기로 하고 시체의 왼쪽 팔을 찢어내어 그 남자에게 달아주었다. 큰 유령은 더욱더 화가 나서 이번엔 오른쪽 팔을 찢어냈습니다. 작은 유령은 오른팔을 시체에서 찢어내어 붙여주었습니다. 다리와 머리도 마찬가지였습니다. 이런 소동이 일어난 후에 두 유령은 화가 난 채로 떠나버렸습니다. 충격 속에 빠진 남자는 자신에게 물었습니다. '나는 누구인가? 이것들은 다 내 수족이 아닌 것을. 머리 또한 내 것이 아닌데.'

의학의 발달로 인해 현재는 모든 장기이식이 가능해졌습니다. 과학자들은 인간의 장기를 복제하거나 다른 동물의 장기를 이식하는 방법을 연구하고 있습니다. 복제나 장기 이식을 하는 시대에서 어떻게 자아를 정의 내릴 수 있을까요? 2,500년 전 부처님은 우리의 육신은 다섯 개의 덩어리가 모여 있는 것이며, 본질적으로는 비어 있는 것임을 알아야 한다고 말씀하셨습니다. 이 의미를 진실로 이해할 때, 우리는 육신의 형상과 느낌에 집착하지 않게 될 것입니다. 이것을 이해하지 못한다면 우리는 자신에 대해 실망할 것이며 우주와 친근하게 지내는 심오한 경험을 할 수 없습니다.

우리 모두는 두통과 마음의 아픔을 함께 경험합니다. 육체적으로는 노화와 질병, 죽음과 마주하고 정신적으로는 탐욕과 분노 그리고 무지에서 야기되는 문제들과 마주칩니다. '천국과 지옥에서의 생활도 언젠가는 끝나지만 슬픔은 영원한 것'이라는 이런 곤경을 적절히 표현해주는 중국의 격언이 있습니다. 우리의 고민과 불안은 바다와 같이 깊고 숲속의 나무처럼 빽빽하게 차 있습니다. 이런 근심거리들이 윤회를 거듭하게 만드는 근본 원인이 됩니다.

수없이 많고 다양한 우리의 걱정거리는 단 하나, 자신에 대한 집착이라는 원인에서 시작됩니다. 이 집착으로 인해 우리는 세상을 각자의 관점에서 바라보게 되고 삶을 다양하게 포용하지 못합니다. 많은 사람들이 이런 배타적인 인식으로 많은 문제점을 만들어 냅니다. 탐욕과 분노 그리고 무지라는 세 가지 독은 모두 이 집착에서 시작되었습니다. 이 두통과 마음 아픔을 뿌리째 뽑아내기 위해 우리는 근본적으로 '자아'라는 것은 단지 마음이 만들어 낸 것에 불과하다는 것을 깨닫고 삼독의 억압에서 벗어나야 합니다.

명나라 시대 공자의 제자로 유명한 왕양명(王陽明)은 이렇게 말했습니다. "산속의 강도를 잡는 것은 쉽지만 우리 마음속의 도둑을 잡기는 어렵다." 다행히 부처님께서는 우리가 무엇을 해야 하는지에 대한 가르침을 주셨습니다. "규율에 따라 부지런히 노력하고 집중하여 명상하고 지혜를 쌓아라. 그리하여 탐욕과 분노, 무지의 싹을 없애라." 생각에 대한 집착이 너무나 뿌리 깊은 나머지 사람들은 단지 좁은 렌즈를 통해서만 진실을 볼 수 있으며 때때로 마치 우리가 우주의 중심인 양 행동합니다. 하지만 부처님의 가르침을 실행한다면 다른 사람의 권리를 침해하는 일은 하지 않을 것입니다.

집중하여 명상을 한다면 적개심이 일어날 때 중심을 잡는 데에 도움이 됩니다. 마음을 가라앉히고 조용히 앉아 있는 것은 어려운 상황을 만났을 때 주의 깊게 생각하고 옳은 결정을 내리는 데 도움이 됩니다. 집중하여 명상하면 자신의 지혜가 커지면서 잘못된 생각을 바르게 볼 수 있게 됩니다. 이 때 지혜란 초월적인 지혜를 의미하며 세속적으로 알고 있는 지혜와는 그 의미가 다릅니다. 초월적인 지혜란 덧없음을 이해하는 것이며 인과의 법칙을 깨닫는 것입니다. 이런 지혜는 우리가 어떻게 행동해야 하는지 깨닫게 하여 습관적으로 감정에 따라 행동하지 않게 도와줍니다.

많은 사람들이 이렇게 말합니다. "악한 것은 행하지 말며, 말하지도 말고 듣지도 말라." 이것은 좋은 출발입니다. 우리가 말, 행동 그리고 생각이라는 업보의 세 가지 문 앞에서 조심하고 경계한다면 삼독이 커가는 것을 막을 수 있습니다. 감각이란 매우 골치 아픈 존재입니다. 감각적인 구별로 인해 호감과 혐오를 만들어내는데 그중 대부분은 독단적인 생각이고 아무 의미가 없습니다. 보이는 모습만으로 자신을

확신하거나 이러이러하다고 정의를 내리는 대신 자신의 내면을 들여
다볼 수 있어야 합니다. 그때 우리는 그 많은 슬픔들은 우리가 자초한
것이며 불필요한 것임을 알게 됩니다.

참회와 세 가지 업

　우리가 가진 순수한 본질을 알아내기 위해서는 악을 행하지도 않고
말하지도 않으며 듣지도 않는 것이 좋겠지만 어느 누구도 그렇게 완
벽하게 살 수는 없습니다. 사람들은 행동하고 말하고 생각하는 동안
많은 실수를 하기 마련이며, 그래서 자신뿐만 아니라 다른 사람들을
비참하게 만드는 원인을 제공합니다. 또 많은 관계들 속에서 자연스
럽게 친근함이 흐르는 것을 방해하기도 합니다. 불건전한 행동 또한
나쁜 업보를 만들어 냅니다. 이런 경우를 인식하고 막을 수 있는 능력
을 키우는 것도 정신적인 발전의 한 부분입니다.
　불교에서는 끊임없이 삼업(三業, 신업(身業)·구업(口業)·의업(意業)
을 가리키는 말. 신체·언어·마음으로 이루어지는 선악의 행위—옮긴이 주)
을 경계하고 양심의 가책을 받으며 짓는 악행에 대해 깊이 생각할 것
을 강조하고 있습니다. 불건전한 행동을 했다고 해서 정신적인 수행
을 영원히 방해하는 것은 아닙니다. 그 불행한 상황을 정직하고 성실
하게 해결하려 한다면 인과응보는 피할 수 없을지라도 수행을 계속

진행할 수 있습니다. 참회는 불법으로 향하는 문이며 수행에 깊은 영향을 미칩니다. 참회의 힘을 설명하는 격언이 있습니다. '살해한 칼을 내려놓아라. 그리하면 부처가 되리니.' 참회가 없다면 이전의 죄로부터 자유로울 수 없고 뉘우치고 반성하여 좋은 업보를 만들어내기란 더욱 어려워집니다.

우리가 저지른 잘못된 행동은 참회를 통하여 깨끗이 '청소'됩니다. 옷이 더러우면 빨래를 합니다. 몸이 불결할 때 목욕을 하면 다시 깨끗해집니다. 아이들이 잘못을 저질렀을 때 우리는 정직하게 말하도록 하고 잘못을 지적해줍니다. 이처럼 잘못을 저질렀다면 후회하고 양심의 가책을 느껴야 합니다. 다음 게송은 우리가 저지른 잘못을 참회하도록 도와주는 의식에서 종종 낭송되는 노래입니다.

지난날 내가 저지른 모든 잘못은
시작도 모르는 탐욕과 분노와 무지로부터라네
나의 몸과 나의 언어, 나의 생각으로 행했던 모든 일들을
난 지금 참회하네

책임을 남에게 전가하는 경향이 있는 현대인들은 이 모든 잘못들을 저항할 수 없는 유혹 때문이고 정신 상태가 허약하고 불우한 가정환경에서 자란 결과라고 생각하거나 또는 빚을 안 지고 살기 위해서라고 생각하려 합니다.

　부처님께서는 건전하지 않은 업보는 언제 시작한 지도 모르게 시작된 탐욕과 분노와 무지의 결과라고 말씀하셨습니다. 현대인의 삶은 너무 바빠서 정중함이란 거의 찾아볼 수 없고 사람들은 쉽게 흥분하며 음란함이 번져가고 있습니다.

　참회란 무엇인가? 어떻게 참회를 해야 하는가? 우리는 경전에서 그 답을 찾을 수 있습니다.

　첫째, 우리가 저지른 잘못에 대해 정직해야 하고 다시는 그런 잘못을 되풀이하지 않도록 결심해야 합니다. 사적으로 잘못을 인정하는 것만으로는 충분하지 않습니다. 부처님께 또는 스승에게 숨김없이 고백해야 합니다. 또한 우리 행동에 대한 결과를 기꺼이 받아들여야만 합니다.

　둘째, 진심으로 우리는 부처님과 여러 보살들 앞에서 다시는 같은 잘못을 저지르지 않을 힘을 달라고 기도해야 합니다.

　관세음보살(觀世音菩薩)은 자비를 베풀어 건전치 못한 업보를 참회하는 사람들을 도와줍니다. 『관세음보살보문품(觀世音菩薩普門品)』에서는 "죄가 있거나 죄가 없거나 수갑과 쇠고랑에 손발이 채워지고 몸이 묶였을지라도 관세음보살의 이름만 부르면 이것들이 다 끊어지고 풀어져 곧 벗어나리라."라고 했습니다. 경작되지 않은 밭에서는 수확을 얻을 수 없습니다. 밭을 갈고 비료를 주면 곡식은 자라날 것이고 잡초는 뿌리를 내리지 못할 것입니다. 마찬가지로 부처님과 보살들로 마음을 채운 사람이라면 나쁜 업보를 짓는 일을 막을 수 있습니다.

업보에 대해 좀 더 알아보겠습니다. 먼저 업보는 우리의 몸과 말, 생각에 의해 만들어집니다. 좀 더 자세히 말한다면 건전치 못한 업보는 공(空)한 것이고 자성(自性, 자성본불(自性本佛)의 준말. 본래부터 갖고 있는 불성—옮긴이 주)이 없습니다. 참회를 하면 건전치 못한 업보는 사라지고 원래부터 갖고 있던 순수한 본질의 영광만이 남아 있음을 알게 됩니다. 경전에는 이렇게 나와 있습니다.

무명(無明)이 일어나면 현혹된 마음이 생겨난다
현혹된 마음이 사라지면 무명도 사라진다
미혹에서 벗어나고 무명도 사라지면
완전히 텅 비어 있으니
이것이 진정한 참회라네

이 시에서 알 수 있듯이 불교에서 말하는 참회는 보통 사용되는 의미와는 완전히 다릅니다. 참회는 우리가 저지른 일에 대한 유감을 표하는 감정 그 이상을 의미합니다. 또한 잘못된 생각을 정화하는 의미도 포함되어 있습니다. 잘못된 생각이 사라졌을 때 우리의 나쁜 업보도 사라지고 그때서야 비로소 우리는 사물을 있는 그대로 볼 수 있게 됩니다. 지옥은 천당임을 인지하고 고통은 깨달음이며 번뇌는 순수함이고 우리가 사는 속세가 서방정토이며 혐오감은 친근함이라는 것을 인지하게 됩니다.

참회와 더불어 선행을 베풀겠다는 서원(誓願)을 세워야 합니다. 사홍서원(四弘誓原)은 서방정토로 안내하는 길잡이와 같습니다.

중생을 다 건지오리다
번뇌를 다 끊으오리다
법문을 다 배우오리다
불도를 다 이루오리다

우리가 삼업의 죄를 짓지 않고 자신이 원인이 된 모든 악행을 참회하면 좋은 업보를 만들 기회를 얻게 됩니다. 경전은 이렇게 말하고 있습니다. '현혹되어 휩쓸린다고 두려워하지 말라. 두려워하는 것은 깨어 있음이니.' 현혹되어 악행을 저질렀다면 당장 그 사실을 인식하고 참회해야 합니다. 가장 비극적인 것은 잘못을 깨닫지 못하고 계속해서 같은 잘못을 되풀이하는 일입니다. 잘못 생각하여 수렁으로 걸어 들어갈 때 잘못을 인식하고 재빨리 돌아 나온다면 구제받을 수 있습니다. 그러나 똑같은 행동을 고집한다면 구제의 희망은 사라져버립니다.

친근한 관계를 위한 도덕적인 삶

제가 마지막으로 다루고 싶은 주제는 바로 도덕적인 삶입니다. 이것은 영적인 친근함을 수행하는 것과 관계가 있는 아주 중요한 문제입니다. 우리가 깊고 심오한 정신적인 성숙을 경험하였다고 할지라도 내적인 친근감에서 우러난 행동이 따라오지 않는다면 그것은 큰 의미가 없습니다. 우리 안에서 일어나고 있는 정신적 변화는 행동으로 나타나야만 합니다. 도덕은 손상되지 않고 완벽하게 남아야 합니다. 도덕을 버리는 것은 정신적인 친근함을 손상시키는 것이며, 궁극적으로 삶의 질은 더럽히는 결과를 가져옵니다.

비도덕적인 행동은 내적인 친근함을 흔들어놓고 우리의 대외적인 관계에도 악영향을 끼치게 됩니다. 그에 따라 친구를 잃게 되거나 사랑하는 사람에게 상처를 주고 직장을 잃게 될 수도 있습니다. 삶의 여정에서 우리는 우리의 삶을 도덕적으로 이끌어가길 희망합니다. 그러나 도덕의 의미가 항상 쉽게 이해되거나 정의되지는 않습니다. 도덕적인 삶이란 어떤 것일까요? 다음에 나오는 지침을 통해 의지를 다지고 우리가 믿는 바를 행하는 것이 도덕적인 삶입니다. 몇 가지 예를 들어서 도덕적인 삶의 방향에 대해 설명하겠습니다.

첫째, 부처님의 가르침을 행동으로 실천해야 합니다. 부처님의 가르침을 이해하게 되면 그 가르침을 실천하고 경험하야 합니다. 가르침을 이해했으나 실천을 하지 않는 것은 아무런 의미가 없으며 정신적인 발전이 정체되는 것과 같습니다. 부처님께서는 자비로워야 한다고 가르치시지만 여전히 질투하고 미워하는 행동을 하는 사람들이 있습니다. 부처님께서는 보시를 하라고 말씀하셨지만 여전히 실천하지 않는 사람도 있습니다. 바른 생활을 해야 한다고 하셨는데 이를 무시하는 사람도 있습니다.

부처님이 살아 계셨을 때 수달다(須達多)라는 노인이 있었습니다. 그는 매우 관대했으며 부처님의 가르침을 마음 깊이 간직했습니다. 사람들은 그를 과부나 고아에게 베푸는 사람이라는 뜻의 아나타핀달라(Anathappindala)라고 불렀습니다. 수달다 장자는 마을에 수도원을 건설하고 부처를 초청하여 부처가 설법해주길 원했으나 그 땅은 기타 태자(祇陀太子)가 소유하고 있었습니다. 수달다는 그 땅을 사들여 불법을 설하는 수도원으로 만들려는 생각을 알리고자 그 땅을 금으로 포장하기로 하였습니다. 이 이야기는 기원정사(祇園精舍)의 설립에 관한 숨겨진 이야기입니다. 부처님께서는 고대 인도의 북쪽 지방을 다니실 때 종종 이 수도원에 머물곤 하셨습니다. 수달다 장자는 자신이 믿는 것을 실천하는 좋은 본보기가 되고 있습니다.

수달다 장자는 가족 모두가 부처님의 가르침 안에서 조화롭게 살길 원했으나 그의 며느리 중 하나는 거만한 여자였습니다. 그녀는 아름다웠으나 거만하였습니다. 그녀는 자신의 외모를 내세워서 매우 오만하였고 종종 점잖지 못한 행동을 하였고, 주변 사람들에게 생색을 내기도 하여 친구들과의 관계도 좋지 못했습니다. 수달다는 기회가 있는 대로 그녀의 잘못을 알려주려 했으나 별로 효과가 없었습니다. 실망한 그는 부처님께 도움을 청하였습니다. 부처님의 가르침을 듣고 깊이 감동한 수달다의 며느리는 자신의 삶을 바꾸기로 했습니다. 그녀는 부처님의 가르침을 받들어 불법에 따라 살아갈 것을 맹세했습니다.

유마 거사는 부처님의 가르침을 실천하며 살아가는 또 다른 훌륭한 본보기입니다. 그는 가족이 있었으나 금욕 생활을 하였고, 부유하였으나 물질적인 부에 집착하지 않았습니다. 유마 거사는 모든 이들에게 본보기가 되는 사람입니다.

둘째, 수양을 쌓은 승려와 일상의 영웅들이 보여주는 도덕적인 삶의 모습을 들어보겠습니다. 불교 역사를 보면 수달다 장자나 유마 거사와 같이 행동을 통해 깊은 신념을 보여준 많은 수행승들이 있습니다. 수나라 시대의 신행(信行) 대사는 가파른 산언덕에 집을 짓고 살았습니다. 왜 그렇게 불편한 곳에서 사느냐는 질문에 대사는 그곳이 자신을 필요로 하기 때문이라고 대답했습니다. 그의 거처에 인접한 길은 두 대의 수레가 함께 지나기에도 아주 좁은 길이었는데, 매일 아침 불공을 마치고 나서 서로 반대 방향으로 가려고 엉켜 있는 수레들을 위해 교통정리를 해주었습니다. 대사는 수행을 하면서 동시에 남을 돕는다는 정신적인 풍요함과 행복감을 느끼게 되었습니다.

당나라 시대 지실(智實) 대사는 노동의 가치를 믿었습니다. 그는 "일하지 않은 날은 먹지도 말라."라고 하면서 매일 식사 전에 일을 하였습니다. 세월이 흘러 건강이 예전과 같지 않았지만 대사는 여전히 매일 일할 것을 고집하였습니다. 제자들은 차마 볼 수가 없어서 스승의 연장을 숨겼습니다. 그 날의 일을 시작하려고 연장을 찾던 대사는 연장을 찾을 수 없게 되자 식사를 거부하였습니다. 스승의 신념을 알게 된 제자들은 할 수 없이 연장을 돌려줄 수밖에 없었습니다. 일을 한다는 확고한 수행 태도를 통하여 대사는 자신의 행동에 대한 원칙을 보여주었습니다. 그는 실천하는 가운데 커다란 행복을 찾았습니다.

자신이 믿는 것에 대해 가장 옳고 유익한 일이라는 강한 신념을 갖고 그 신념을 실천한 사람들을 굳이 역사 속에서만 찾을 필요는 없습니다. 현재에도 우리가 본받아야 할 많은 영웅들이 존재합니다. 《LA 타임스》에는 디트로이트의 한 공장에 근무하는 근로자의 기사가 실린 적이 있습니다. 그는 시간 외 작업을 하고 절약하여 모은 몇 십만 달러를 여러 대학에 기부했습니다.

우리는 종종 억울한 사람들을 돕기 위해 위험을 무릅쓰고 사건을 증언해주는 사람들의 이야기를 듣습니다. 이들이 불교도가 아니라 해도 그런 행동은 부처님의 가르침과 함께 온 세상을 감동시킵니다. 이런 영웅들의 공통점은 자신보다 다른 사람의 안위를 먼저 생각한다는 점입니다. 그들의 행동은 개인적인 득실을 따지면서 행한 것이 아니라 마음의 평화에서 우러나왔습니다. 이런 일들은 모두 일상생활 속에서 불법을 실천하는 방법에 대한 실례들입니다. 우리는 각자에게 맞는 불법의 실천 방법을 찾아야 할 것입니다.

셋째, 도덕적인 삶을 위해 의지를 가지고 끝까지 해내는 것이 중요합니다. 우리의 목표가 무엇인지 명확하게 아는 것은 매우 힘듭니다. 그러나 시작한 일을 마치기 위한 끈기를 갖는 것은 훨씬 더 힘든 일입니다. 여러분은 이 책에서 얘기하고 있는 많은 생각들과 친근한 삶을 이루는 여러 가지 훌륭한 가르침들을 읽고 감동하고 진심으로 동의했을 것입니다. 하지만 이런 생각이나 가르침을 실천하지 않는다면 아무런 의미가 없습니다. 그저 책에 쓰여 있는 단어일 뿐이고 마음속에만 존재하고 실제 삶에는 존재하지 않는 헛된 생각일 뿐입니다. 정신적으로 성장하기 위해서는 선행을 베풀어야 한다는 생각에만 그치지 말고 가르침을 실천하고 직접 경험해야 합니다. 우리가 깨달은 가르침이 단지 지적인 단계에서만 머물러 있다면 그 깨달음의 위대함은 우리들의 관계에까지 확대되지 못하고 누구에게도 도움이 되지 못한 채 사라지고 말 것입니다. 정신적으로 맑고 좋은 생각을 갖게 되는 것도 깨달음의 중요한 단계이지만 진정으로 우리의 삶과 다른 사람들의 삶을 달라지게 만들기 위해서 그 깨달음을 끝까지 실천하는 것이 더 중요합니다.

어느 날 아라한과(阿羅漢果, 남방 불교에서 불제자들이 이를 수 있는 최고의 경지—옮긴이 주)를 성취한 한 승려가 제자와 함께 여행하고 있었습니다. 어깨에 짐을 지고 존경하는 마음으로 스승의 뒤를 걷던 제자는 갑자기 중생들을 어떻게 가르쳐야 하는지 생각하기 시작했습니다. 제자의 마음을 읽은 승려는 자신은 한 번도 중생을 돕고자 하는 원대한 서원을 가진 적이 없었다는 생각에 당황했습니다. 승려는 즉시 제자에게 짐을 달라고 하여 자신이 제자의 뒤를 따라 걷겠다고 하였습니다. 당황한 제자는 머리를 긁적이며 스승의 말을 따라 앞으로 걸어

갔습니다. 제자는 또 다른 생각을 하였습니다. '중생들은 변하기가 쉽지 않고 불법을 가르치는 일은 힘든 일이야. 나는 그저 내 자신의 수행에만 몰두해야겠어.' 제자의 마음을 읽은 스승은 말했습니다. "네가 짐을 들고 나를 따라오너라." 영문을 알 수 없는 제자는 스승의 말에 따를 수밖에 없었습니다. 이 이야기를 통해 우리는 좋은 생각은 칭찬 받을 만하지만 생각에만 그쳐서는 안 된다는 것을 알 수 있습니다. 깨달음을 통해 얻어진 좋은 생각을 실천에 옮겨 끝까지 이룰 수 있어야 합니다. 그렇지 않다면 영적인 성장과 실천은 생각으로만 남을 뿐 다른 사람들과 우리 자신에게 유익하게 쓰이지 않게 됩니다.

부처님의 유명한 제자 중 한 사람인 사리불(舍利佛)은 생각을 실천하는 또 다른 예를 보여주고 있습니다. 그는 전생의 한 삶에서 보살의 길을 택하여 보시의 가르침을 헌신적으로 실천했습니다. 자신의 재물과 소유물을 다른 이들에게 기꺼이 나누어줄 뿐 아니라 몸과 생명까지도 필요로 하는 사람들에게 망설임 없이 줄 것을 맹세했습니다. 이 맹세가 너무나 놀라워 하늘과 땅이 흔들릴 정도였고 그리하여 천인(天人)이 그의 신념을 시험해보기로 하였습니다.

천인은 젊은 남자로 변하여 사리불 앞에 나타났습니다. 멀리서 사리불이 다가오자 그는 큰 소리로 울기 시작했다. 사리불은 다가가서 젊은이를 위로하며 물었습니다.

"젊은이여, 왜 울고 있는가?"

"묻지 마세요. 당신이 도와줄 수 있는 일이 아닙니다. 나의 어머니

는 죽을병에 걸려 쓰러지셨소. 그런데 병을 고치려면 승려의 눈이 필
요하다오. 그러나 살아 있는 눈을 찾을 길이 없는데 하물며 살아 있는
승려의 눈을 어떻게 구한단 말입니까. 아, 어머니가 돌아가실까봐 두
렵습니다.”

사리불은 생각했습니다. ‘나에게는 두 눈이 있다. 눈 하나를 준다고
해도 나머지 한 쪽 눈으로 여전히 볼 수 있지 않은가.’

그는 젊은이에게 “절망하지 마시오. 나는 승려입니다. 기꺼이 한 쪽
눈을 드리겠습니다. 나는 보살의 도(道)를 실현하겠다고 맹세했습니다.
당신은 이 맹세를 실행할 수 있도록 도와주는 것이오. 부디 나의 한
쪽 눈을 가져가시오.”

젊은이는 눈을 직접 뽑기를 거부하고 대신 사리불에게 진심으로 주
려는 마음이 있다면 스스로 뽑아달라고 말했습니다. 사리불은 합리적
인 방법이라 생각하고 이를 악물고 왼쪽 눈을 뽑아주었습니다. 그러
나 젊은이는 자신은 오른쪽 눈이 필요하다고 소리쳤습니다. 사리불은
미리 물어보지 않은 자신을 탓하였습니다. 사리불은 보시를 수행하
기로 맹세했으므로 설사 자신의 몸을 내놓는 일이 생긴다 해도 젊은
이의 요구를 들어주기로 하였습니다. 결심을 굳힌 사리불은 크게 숨
을 한 번 쉬고 오른쪽 눈을 뽑아 젊은이에게 건넸습니다. 젊은이는 킁
킁거리며 냄새를 맡더니 사리불의 눈을 바닥에 내동댕이치며 “당신은
뭐하던 사람이오? 눈에서 이렇게 고약한 냄새가 나다니. 어떻게 이것
을 어머니의 약으로 쓸 수 있겠소?”라고 악담을 퍼붓고는 눈을 발로

밟아 으깨버렸습니다.

  사리불은 앞이 보이지 않게 되었지만 무슨 일이 벌어지고 있는지는 똑똑히 들을 수 있었습니다. 그는 한숨을 쉬며 생각했습니다. '중생들의 잘못된 생각을 없애기는 참으로 어렵도다. 보살 수행의 길은 쉽지 않은 여행이거늘. 먼저 나를 교화하는 데 정진해야만 할 것이니.' 그 순간 많은 천인들이 나타나 사리불에게 말했습니다. "승려여, 절망하지 마라. 네가 만난 젊은이는 너의 결심을 시험하고 있었다. 보살 수행과 보시를 그렇게 쉽게 포기해서는 안 되리니." 사리불은 이 말을 듣고는 자신이 의심을 했다는 사실에 당황하면서 다시 한 번 결심을 굳혔습니다. 마침내 여섯 겁의 세월이 지난 후 사리불은 부처님의 유명한 제자 중의 한 사람이 되어 깨달음을 얻었습니다.

  깨달음의 경지로 가는 길은 멀고 험합니다. 그 길을 가는 동안 우리는 장애물과 마주칠 수밖에 없지만 쉽게 포기해서는 안 됩니다. 포기하지 않는다는 것은 방해받지 않고 물과 비료를 주면서 씨를 키우는 일과 같습니다. 시간과 노력을 들이지 않는다면 꽃을 피우고 열매를 맺기란 쉽지 않은 일입니다. 목표를 완수하고 이룩하려면 기꺼이 '불가능한' 임무를 택하고 '불가능한' 길을 걸어야 합니다. 이해하는 것과 실천은 둘 다 똑같이 중요하다는 것을 늘 명심해야 합니다. 부처님의 가르침을 끊임없이 실천한다면 언젠가는 불법과 우리가 하나임을 깨닫게 될 것입니다. 모든 존재들과 친근한 관계를 맺게 되면서 우리의 삶은 진정 환희에 찬 삶이 될 것입니다.

저는 좀 더 의미 있고 쉬운 방법으로 여러분에게 불법을 얘기하고자 합니다. 사람들은 대부분 불법이 심오하며 이해하기 어렵다고 믿고 있습니다. 하지만 그렇지 않습니다. 불법은 모두가 이해할 수 있고 실천할 수 있습니다. 불법은 다양한 삶들이 좀 더 가치 있게 빛나도록 도와주는 불빛과 같습니다.

많은 사람들이 불교는 실생활과 거리가 멀다는 오해를 합니다. 불교를 불가사의하고 불가해하고 신비한 종교라고 생각하는 사람도 있습니다. 모두 진실과 거리가 먼 이야기들입니다. 불교는 삶에 관해 이야기하고 삶과는 떼래야 뗄 수 없는 관계에 있습니다. 나는 여러분들이 불교와 융화되어 불교와 함께 하는 삶을 살기를 기원합니다.

성운 대사는 1927년 중국 장쑤 성에서 태어나 12세 때 난징 서하산 대각사에서 출가했다. 1941년 구족계를 받았고 임제종 48대의 법맥을 이어가고 있다. 1949년 공산주의의 탄압을 피해 대만으로 건너온 대사는 '교육으로 인재를 양성하고, 문화로써 불법을 펼치고, 자선으로 사회복지를 이루고, 수행으로 인심을 정화한다.'는 네 가지 서원으로 불광산사를 세웠다.

성운 대사는 선종에만 갇혀 있기를 거부하고 인간 불교를 제창하였다. 대사의 말씀에 따르면 '불교는 국민의 정신을 깨끗하게 하고 고양하는 역할을 해야 한다. 인간 불교(Humanistic Buddhism)란 새로운 불교가 아니라 부처가 내걸었던 인간 본위의 종교를 말한다. 사람 안에 있는 무한한 불성을 개발하고 나누는 것이다.'

따라서 '사람들에게 신심을, 기쁨을, 편리함을, 봉사를'이라는 원칙 아래, 중국 불교를 인간화하고 현대화하고 대중화하고 국제화하였다.

이를 위해 1967년 불광산종을 창단하고 국제불광회를 만들었다.

성운 대사는 우리나라에 아직 잘 알려지지 않은 스님이지만 이미 미국이나 유럽에는 따르는 제자들이 많이 있다. 비록 달라이 라마의 명성에는 미치지 못하지만 캄보디아의 마하 고사난다 스님과 더불어 세계 3대 스님으로 꼽히기도 한다.

이 책의 원제는 'Living Affinity'이다. 'affinity'는 중국어 '원'을 영어로 옮긴 것인데 '원'에는 '첫 번째', '둥근', '둥근 원', '업' 등 여러 가지 의미가 있다. 성운 대사는 이 책에서 'affinity'란 중생들뿐 아니라 무정물(無情物)들과도 심오한 영적 관계를 맺는 일이라고 말한다. 'Living Affinity'는 부처님의 가르침을 행할 때 이루어질 수 있는 것이며 그럼으로써 인간과 사물은 서로 상호 의존관계에 있다는 것을 깨닫게 된다고 말한다.

성운 대사는 이런 진리를 마치 할아버지가 말씀하시는 것처럼 진지하면서도 따뜻한 말투로 일러주고 있다. 그리고 부처님과 제자들의 일화, 옛 중국 고승들의 수행 이야기와 성운 대사가 직접 겪고 느낀 일들, 또 생활 속에서 실천할 수 있는 작은 일들을 예로 들면서 부처님의 말씀을 실천하는 것이 어려운 일이 아님을 설명하고 있다.

성운 대사의 인간 불교는 선종에 영향을 받은 한국의 수행 위주의 불교에 익숙한 우리에게는 약간 낯선 느낌을 준다. 하지만 불교의 생활화라는 면에서 본다면 오히려 현대인들에게는 이런 성격의 종교가 더 필요한 것이 아닐까 하는 생각이 드는 것도 사실이다.

대만 큰 스님의 책을 번역한다는 부담감이 컸지만 작업이 진행되는 동안 성운 대사의 대중적이고 현대화된 법문의 내용 때문에 마음이 한결 가벼워졌다. 또 실생활에 바로 적용할 수 있는 수행 방법을 하나하나 익혀가면서 옮기다 보니 스님의 말씀을 번역하는 것이 바로 부처님의 말씀을 실천하는 일이라는 생각도 들었다.

그리고 이 책을 번역하면서 잊을 수 없는 일이 하나 있다. 역자의 능력으로는 중국어의 영어 표기만 보고는 중국 고승이나 인물을 알아낼 수가 없어 고민하다가 서울 불광산사를 무작정 찾아갔다. 그곳에서 처음 마주친 비구니 각사 스님께 사정을 말씀드리고 한문 원본을 찾아볼 수 있는지 부탁을 드렸다. 하지만 단행본으로 나와 있는 것이 아니라 엄청나게 방대한 성운 대사의 법어집 중에서 편집한 것이라는 말씀을 듣고 낙담하고 말았다. 그런데 각사 스님께서 미국의 출판사에 전화를 하신 후 기꺼이 그 많은 법어집 속에서 내용을 일일이 찾아 손수 복사까지 해주셨다.(이면지에 복사해주시는 것이 인상적이었다.)

너무나 감사한 마음에 인사도 제대로 못 드리고 불광산사를 나오다 불현듯 몇 년 전 불광산사 지하에 있는 '적수방'에서 차도 마시고 법당에 가서 부처님께 인사도 드렸던 기억이 그제야 났다. 아마도 나와 이 책의 인연은 그때부터였던 것 같다. 처음 본 인연을 그토록 따뜻하게 정성을 담아 대해주신 서울 불광산사의 각사 스님께 한없는 감사의 인사를 드리는 바이다.

이명원